PARAÍSO PERDIDO

CEES NOOTEBOOM

Paraíso perdido

Tradução do holandês
Cristiano Zwiesele
do Amaral

Copyright © 2004 by Cees Nooteboom

Esta publicação contou com o apoio financeiro da Foundation for the Production and Translation of Dutch Literature

Título original
Paradijs verloren

Capa
warrakloureiro

Foto da capa
© Ferdinando Scianna/ Magnum

Preparação
Maria Cecília Caropreso

Revisão
Cláudia Cantarin
Carmen S. da Costa

Dados Internacionais de Catalogação na Publicação (CIP)
(Câmara Brasileira do Livro, SP, Brasil)

Nooteboom, Cees
    Paraíso perdido / Cees Nooteboom ; tradução do holandês Cristiano Zwiesele do Amaral. — São Paulo : Companhia das Letras, 2008.

    Título original: Paradijs verloren.
    ISBN 978-85-359-1229-6

    1. Romance holandês I. Título.

08-03334   CDD-839

Índice para catálogo sistemático:
1. Romances : Literatura holandesa 839

[2008]
Todos os direitos desta edição reservados à
EDITORA SCHWARCZ LTDA.
Rua Bandeira Paulista 702 cj. 32
04532-002 — São Paulo — SP
Telefone (11) 3707-3500
Fax (11) 3707-3501
www.companhiadasletras.com.br

Não há neste romance nenhuma semelhança com pessoas reais, a não ser que alguém insista em identificar a si mesmo ou a outrem. Cabe alertar, no entanto, para a condição irreal dos personagens de ficção. O *Angelproject* ocorreu de fato em Perth, no ano 2000, ainda que possivelmente não se trate do ano em que se desenrola esta história.

Para Antje Ellermann Landshoff

Existe um quadro de Paul Klee intitulado Angelus Novus. *A pintura representa um anjo que, pelo que tudo indica, está a ponto de se afastar de algo em que mantém crivado um olhar rígido. Está de olhos esbugalhados, boquiaberto, com as asas distendidas em leque. É desse modo que deve ser representado o anjo como o conhecemos da História. Com o semblante voltado para o passado. Ali onde nós vemos um encadeamento de acontecimentos, ele vê uma única catástrofe, que se amontoa continuadamente em escombros que lhe vêm parar aos pés. O anjo não se importaria em se deixar ficar ali, ressuscitando os mortos e recompondo os destroços a fim de obter um conjunto. Mas eis que o vento provindo do Paraíso apanha as suas asas numa tormenta tão violenta que ele já não as pode fechar. A tempestade o propulsiona irresistivelmente rumo ao porvir, a que ele havia dado as costas, enquanto as ruínas diante dele se encastelam até alcançar o céu. É a essa tempestade que damos o nome de "progresso".*

Walter Benjamin

Prólogo

The pronoun I is better because more direct. *

Extraído de: *The secretaries guide*, artigo "The Writer",
*The New Webster Encyclopedic Dictionary of the English
Language* — MCMLII

Dash-8300. Deus sabe em quantos tipos diferentes de avião já
viajei na vida, mas entre eles nunca constou um Dash. Trata-se
de um modelo pequeno e compacto, mas que parece maior
pela escassez de passageiros. O assento ao meu lado está desocupado. Pelo visto não há muita clientela para vôos de Friedrichshafen a Berlim Tempelhof. Caminhando em um grupo
pequeno e esgarrado, dirigimo-nos do minúsculo terminal ao
modesto avião: isso ainda é possível aqui. Agora esperamos. Há
sol, venta bastante. O piloto já está a postos lá na frente, gira algumas manivelas aqui, outras ali; ouço o co-piloto comunicar-
se com a torre de controle. Quem quer que viaje com freqüência conhece tais momentos vazios.

Os motores ainda não foram ligados. Algumas pessoas já
estão lendo, outras olham para fora, mas não há muito o que
ver. Apanhei a revista de bordo da modesta companhia, porém
não tenho vontade de ler. A página habitual elogiando o próprio

---

* Melhor é o pronome "eu", porque mais direto. (N. T.)

produto e logo depois alguns dados sobre seus poucos destinos: Berna, Viena, Zurique. Nos espaços publicitários, algo sobre a Austrália e seus aborígenes, desenhos rupestres, fragmentos de cortiça pintados em cores vívidas, tudo o que anda mais ou menos em moda nos últimos tempos. Em seguida, um trecho sobre São Paulo, um horizonte recortado de arranha-céus, os palácios dos ricaços e, como não podia deixar de ser, as eternas periferias, *slums*, favelas, ou como quer que se chamem. Telhados de ferro ondulado, estruturas de madeira caindo aos pedaços, pessoas que passam a impressão de estar felizes vivendo ali. Nada que eu já não tenha visto antes; se fixo o olhar, tenho a impressão de que já sou um centenário. É até bem possível que eu tenha chegado à casa dos cem: basta multiplicarmos a nossa idade real através de uma fórmula secreta, um número mágico que dá conta de todas as jornadas da nossa vida e dos impróprios *déjà-vus* que costumam acompanhá-las, e chegamos lá. Eu normalmente não me deixo importunar demais por pensamentos do gênero, ainda que até agora tenha sido por atribuir-lhes uma natureza algo inferior, mas ontem à noite, em Lindau, com os três *Obstler** que eu tomei, o excesso não deixou de ter suas conseqüências, o que é de se esperar na minha idade. A aeromoça olha pela pequena porta, pelo visto ainda à espera do embarque de algum passageiro, alguém que acaba se revelando do sexo feminino, uma dessas mulheres que gostaríamos de ver sentada ao nosso lado. Isso indica que, pelo visto, não sou assim tão velho. Engano, o seu assento, junto à janela, encontra-se uma fila adiante, à esquerda do corredor. Até melhor que ao meu lado, porque dessa forma posso observá-la detidamente.

Pernas longas enfiadas em calças de um tecido cáqui, um atributo masculino que só faz realçar sua feminilidade. Umas

---

* Em alemão no original: aguardente de frutas. (N. T.)

manzorras fortes, com as quais ela desembrulha agora um livro envolto em papel celofane de cor carmesim, esmeradamente cingido por fita adesiva. Algo para que aquelas manoplas não têm paciência nenhuma: diante da recusa da fita adesiva em ceder, o embrulho é rasgado. Sou um voyeur. Um dos deleites de viajar é poder fitar desconhecidos que não sabem estar sendo observados. Ela abre o livro com tal rapidez que não me dá tempo de ler o título. Tenho a mania de querer saber o que as pessoas lêem, mas isso equivale a dizer "o que as mulheres lêem", porque os homens não lêem mais. E as mulheres, aprendi nesse meio-tempo, costumam segurar seus livros de uma maneira a não lhe dar chance de descobrir o título, seja no trem, no banco de um parque ou na praia. Preste atenção. Posso até estar me corroendo de curiosidade, mas perguntar eu não me atrevo. No frontispício, distingo uma longa dedicatória. Ela a lê por alto e, deixando o livro de borco sobre o assento vazio a seu lado, já se põe outra vez a olhar para fora. Os motores são ligados, o pequeno avião começa a chacoalhar; vejo seus seios metidos na camiseta justa balançarem ao ritmo dos motores, o que me provoca uma certa excitação. Perna esquerda alçada, luz incidindo sobre seus cabelos castanhos com reflexos de um dourado esbatido. Ela dispõe o livro com as páginas voltadas para cima, vai-se a minha chance de descobrir o título. Trata-se de um livro fino, assim como eu gosto. Calvino dizia que um livro deve ser curto, um princípio ao qual ele próprio se ateve. O avião corre sobre o concreto. Sobretudo em aviões pequenos, experimentamos sempre alguns momentos de volúpia na decolagem, logo que nos vem ao encontro a primeira lufada de corrente térmica e quando a máquina parece receber um empurrão suplementar por baixo, algo parecido com uma carícia, a mesma sensação que tínhamos quando pequenos, na balança de um *playground*.

As colinas ainda estão cobertas de neve. Isso empresta à paisagem um aspecto bastante gráfico; árvores nuas buriladas sobre um fundo alvo, às vezes mais que isso se torna supérfluo. Mas ela já não olha para fora. Apanha o livro novamente e volta a ler a dedicatória, com a mesma impaciência de antes. Tento imaginar seu conteúdo — essa é afinal de contas a minha profissão —, mas sem muito êxito. Seria de autoria de algum homem tentando remediar um erro? No que se refere a livros, recomenda-se prudência. Se nos enganamos de livro ou de escritor ao presentearmos alguém, entramos numa zona de risco.

Põe-se a folhear o livro, atendo-se vez ou outra a alguma página. Uma abundância de capítulos, considerando-se a espessura do livro. O que significa um novo início a curtos intervalos, algo que forçosamente pressupõe uma justificativa reiterada de leitura. Quem arruína o começo ou o final de um livro o faz porque não compreendeu nada do processo de escritura, e isso vale igualmente para os capítulos. Quem quer que seja o autor em questão, fato é que corre bastantes riscos. Ela volta a depositar o livro a seu lado, desta vez com o título voltado para cima, mas a luz de leitura faz com que o plástico da capa brilhe de tal maneira que ainda não consigo distinguir as palavras: para enxergar, teria de me levantar.

*Cruising altitude,** sempre adorei a expressão. Espero ver esquiadores, afinal estamos sobrevoando nuvens com declives e vertentes espantosos, algo que sempre me impressionou. O mundo a tal altura se reduz a páginas vazias, adquirimos liberdade de ação. Mas ela não olha para fora, apanha a revista de bordo e a folheia de trás para a frente. Passa voando por São Paulo, atém-se longamente a um parque vasto e cheio de verde, para fitar agora as pinturas dos aborígenes; a intervalos aproxima al-

---

* Em inglês no original: altitude de cruzeiro. (N. T.)

guma folha dos olhos. Chego até a ver como as pontas de seus dedos longos traçam os contornos da estranha figura de uma serpente sobre uma das pinturas. Fecha então a revista e adormece no mesmo instante. Algumas pessoas têm a habilidade de dormir um sono contido. Uma das mãos pousada sobre o livro, a outra amparando a nuca, por debaixo da cabeleira algo arruivada. Ando desde sempre às voltas com um enigma que os outros desistem de tentar elucidar. Sei que por trás se oculta uma história, uma história que jamais chegarei a conhecer. Esse livro permanece fechado, assim como o outro. No momento em que nos preparamos para aterrissar no aeroporto de Tempelhoff, já tenho escrito um quarto da introdução para um livro de fotografias sobre anjos de cemitérios. Abaixo de nós se encontram os quarteirões residenciais cinzentos de Berlim, o enorme rasgo da história que ainda perpassa a cidade. Ela penteia os cabelos e apanha o celofane carmesim para embrulhar o livro outra vez. Alisa o papel sobre as coxas e, não sei por quê, o gesto me comove. Apanha o livro e, ainda que por um breve momento, brande-o no ar de uma maneira tal que me permite ler o título.

Trata-se deste livro, um livro do qual ela desaparece, seguida por mim. Enquanto espero pela minha bagagem no hall oblongo, vejo-a dirigir-se para fora, onde um homem a espera. Ela lhe dá um beijo leve, com a mesma fugacidade com que lia o livro, do qual, de momento, só conhece a dedicatória, que eu nem li nem escrevi.

A bagagem vem ligeira; quando alcanço o andar de cima, vejo-a entrar num táxi com o homem para então desaparecer de vista. Fico para trás, como sempre, com um par de palavras não ditas e numa cidade que me cinge como um torniquete.

I

[...] *Disse Eva. E Adão ouviu-a complacente;*
Mas não lhe respondeu, — que deles junto
O arcanjo estava já, e fulgurantes
Dos querubins os esquadrões desciam
Pelo declive do fronteiro monte,
Vindo com silenciosa ligeireza
Para a marcada posição guardarem.
(Dando ares de meteoro refulgente
Ou de névoa que à tarde se levanta
Do rio entre pauis manso correndo,
E vem seguindo ao lavrador os passos
Quando para a morada se recolhe.)

De Deus a espada à frente da coluna
Vem pelo éter brandindo acesa e fera,
Qual cometa, presságio de ruínas:
E logo com vapores abrasados,

Como os que reinam pela Líbia adusta,
Começou a queimar tão doce clima.

O arcanjo, que tal viu, toma apressado
Pela mão nossos pais que se demoram.
Do oriente até à porta assim os leva;
E, chegando à planície que se alonga
Fora do Éden, deixou-os e sumiu-se.[...]

John Milton, *Paraíso perdido* (décimo segundo canto)
Tradução de António José de Lima Leitão

1.

Um certo alguém abandonou a sua casa nos Jardins numa noite quente de verão; perfume de jacarandá e magnólia, pesado e úmido. Nos Jardins residem os ricos, com empregados que vêm de longe, jardineiros, cozinheiras; levam ao menos duas horas no trajeto, e isso duas vezes ao dia. São Paulo é uma cidade grande. Se chove, os ônibus circulam a passo ainda mais lento. Alguém saiu de casa, pegou o segundo carro da mãe só pelo prazer de ir por aí dar uma volta ao som de Björk a todo volume, uma lamúria do "Canto dos nibelungos" fora de lugar ali, nos trópicos. Ela toma parte no coro, ainda que com uma voz de taquara rachada, histericamente, em meio a uma ira voltada contra ninguém em particular, em simbiose com uma tristeza que tampouco poderia ser nomeada.

Seguiu pela Marginal ao longo do rio Pinheiros, beirando as casas dos emergentes no Morumbi e, sem se dar conta, sem atinar, penetrou na zona proibida, e não estamos falando nem de Embu-Guaçu, mas de uma região bem pior: Paraisópolis, que mais tem de inferno que de paraíso, perigosa e, por isso mesmo, atraente naquele momento. Não conduzia ela própria: deixava-se conduzir pelo carro e pela música. A ignição falha, agora só imperam o medo e a voz lamuriante de Björk, que grita em direção aos barracos de madeira, ao fedor, ao luar sobre as chapas onduladas, ao chiar dos televisores baratos, que respondem reverberando, mesclando-se a risos buliçosos, a vozes que se aproximam, convertendo-se num círculo que a cinge e não a deixa passar. O que veio depois se deu tão vertiginosamente que não houve tempo para entrar em pânico, gritar ou fugir correndo. Ela não saberia mais dizer quantos eles eram e, mais ainda que da própria idéia do passeio, recriminava-se do enojante pensamento poético com que falsificaria posteriormente o acontecido a fim de se autopreservar: tratara-se de algo como uma nuvem negra. Uma nuvem negra deslocando-se na direção dela. É claro que não deixou de gritar, é claro que se machucou, mas o fato foi que ecoaram risos quando lhe arrancaram a roupa do corpo. Desses risos ela jamais se esqueceria, agudos e extasiados, que a faziam entrever um mundo até então desconhecido para ela: uma ira e um ódio tão profundos que a tragariam; simultaneamente aquele vozerio histérico e agudo, aquelas vozes ofegantes atiçando-se umas às outras. Tais recordações não a abandonariam nunca mais. Nem mesmo se deram o trabalho de matá-la; deixaram-na ali, largada como lixo. Pode até ser que o pior tenha sido a maneira como as vozes voltaram a desaparecer, regressando às suas respectivas vidas, em que ela não passara de um incidente. A polícia lhe perguntaria depois que diabos fora fazer ali, e está claro que ela não deixaria de ler nas entrelinhas: a culpa de tudo tinha sido dela própria. Do que, porém, ela se recriminava mesmo era da idéia humilhante e falsa da "nuvem", pois algo como uma nuvem capaz de nos arrancar a roupa do corpo era uma coisa que não existia; tratava-se, sim, desses homens que penetram no nosso corpo e na nossa vida para todo o sempre, deixando-nos às voltas com um enigma que jamais resolveremos. Ou que jamais resolverei, pois esse alguém sou eu, a mesma que se encontra deitada aqui, nos confins do mundo, ao lado de um homem tão negro como aqueles, mas que não leva nada consigo. Um homem que eu não conheço e que em breve terei de deixar para trás. Não sei se estar aqui é uma boa idéia. Mas por quê? Por ele não saber por que razão oculta eu realmente me encontro aqui. Nem sabe nem jamais saberá. Nesse sentido eu o estou ludibriando.

Estou aqui para esconjurar um demônio. Ele, para trepar comigo. Imagino eu. Pelo menos foi o que fizemos. Uma semana só, tinha dito ele, não mais que isso. Teria de voltar depois ao seu *mob*. *Mob*, clã, como se diz aqui. Ele só não disse onde. Algum lugar no *outback*, nos confins intermináveis deste país. Não faço idéia do que ele tem em mente. É possível até que também esteja me ludibriando. Mas como pode mentir, se ele não diz praticamente nada?

Está dormindo, e, quando dorme, passa a ser o próprio tempo. As pessoas aqui são as mais antigas do mundo. Têm vivido neste país há mais de quarenta mil anos; mais próximo da eternidade que isso, impossível. Uma noite eu saí de carro para dar uma volta, e veja onde vim parar. Eu sei que a coisa não é bem assim, mas na minha cabeça é, sim. Nada do que eu penso é aceitável, mas quem pode me impedir de pensar o que eu quiser? Fito ao meu lado um homem adormecido, que parece ter vivido mais de um século, por mais novo que seja. Está deitado no chão, enrolado como um bicho. Ao abrir os olhos, torna-se velho como uma pedra, como os lagartos que se vêem aqui no deserto, porém se trata de uma velhice não acentuada, leve, já que todos os seus movimentos são leves, como se ele não sentisse o peso do corpo. Esforço-me em dizer a mim mesma que essa impressão é tão falsa como a primeira, mas não é bem assim. Acabei me metendo numa situação da qual perdi o controle, uma vez que aqui a minha noção de tempo não vale. Às vezes, quando me encontro com ele no deserto, neste país constituído quase só de desertos, ou quando me mostra coisas que eu não enxergo e ele próprio se torna a personificação deste país, ciente de onde se encontra o oásis que se mantém oculto para mim, quando me sinto pequena perante sua incomensurável velhice, que vê comida aonde eu apenas vejo areia, é então que acabo involuntariamente pensando que saí de casa naquela noite para chegar aonde estou agora. Abandonei o peso dos trópicos, onde tudo é móvel e ruidoso, a fim de vir parar no silêncio em que agora me encontro.

2.

Foi por intermédio de Almut que eu vim parar aqui. Almut tem um avô alemão, assim como eu. Somos conhecidas como a dupla Almut e Alma, e isso desde os tempos de escola. Rimos juntas do sotaque esquisito dos nossos avós, que vieram para o Brasil após a Segunda Guerra e que se recusam a falar do passado. Estão mortos de saudades, mas voltar, não voltam. Choram em uníssono com Fischer-Diskau e as *Kindertotenlieder* e torcem para que a Alemanha ganhe a Copa do Mundo. Sobre a Guerra eles nunca contam nada. Nossos pais, por sua vez, se recusam a falar de seus pais. Nunca quiseram aprender alemão. Nós, sim, apesar de ser uma língua desgraçada. Tudo nela é invertido, tudo o que é masculino vira feminino, a morte é masculina, o Sol feminino e a Lua, em contrapartida, masculina. Melhor seria dizer: uma língua desgraçada de se aprender, não de se ouvir, exceto quando gritam. Almut é loira e grandona, bem ao gosto dos brasileiros. Eu só chego até os seus ombros: sempre foi assim, desde pequenas. Eu acho ótimo, dizia Almut, assim posso apoiar o braço nos seus ombros. Eu a achava mais bonita que eu, porém ela se achava grande demais. Eu sou é uma matriarca teutônica, ela dizia sempre, e deviam ter me dado o nome de Brunhilda. Onde já se viu peito deste tamanho? Quando eu ando na rua, não demora para eu ter meia escola de samba atrás de mim. Esse problema você não tem. É por causa da sombra. Essa história de sombra era uma teoria dela. Todos temos uma sombra por dentro. Que tipo de sombra? Uma sombra nos olhos. Debaixo dos olhos, na pele, em tudo quanto é lugar. Mas então o que é? É um segredo que você guarda. Eu então me olhava de noite no espelho, só que não via nada. Ou melhor, não via nada além do rosto. Não sei não se tenho algum segredo. Mas isso é secundário, dizia então Almut. Você própria é o segredo, só que ainda não se deu conta disso. Com você as coisas são diferentes: a gente nunca sabe o que se passa pela sua cabeça; quando você fala, a expressão no seu olhar não bate com o que você diz. É sempre como se você estivesse ocultando alguma coisa diferente, alguma coisa que os outros não alcançam. Isso ainda vai lhe dar problema, mas não precisa ficar com medo.

Já não me lembro de quando tivemos essa conversa, terá sido lá pelos nossos quinze anos; o fato é que ficou gravada na minha memória. É como se você sempre tivesse uma outra pessoa com você, ela havia dito também. Fazíamos sempre tudo juntas, o que melindrava ao extremo nossos primeiros namoradinhos. Nós nos deixávamos ficar largadas na rede horas a fio, fazendo planos para o futuro. Estudaríamos história da arte, isso era ponto pacífico. Ela, arte moderna, eu, a Renascença. Fico enjoada com tantas crucificações e anunciações, ela costumava dizer. Nunca chegávamos a um consenso: não faço questão de crucificações, apesar de achar interessante observar como os diversos artistas tratam o mesmo tema, mas eu era mesmo louca pelas anunciações. Tenho mania de anjos. Rafael, Botticelli, Giotto: basta ter asas. Isso é porque você própria gostaria de ter asas, dizia Almut.

E você por acaso não? Não, eu não. Ela tinha pendurados nas paredes Willem de Kooning e Dubuffet, além de todos aqueles corpos e rostos despedaçados, tão ao gosto dos cubistas, mas que a mim me inspiravam asco. Eu era mais chegada aos anjos. O que Almut chamava de "aviário". O que eu não suporto, dizia ela freqüentemente, é não saber se são do sexo masculino ou feminino.

— São do sexo masculino.

— Como é que você sabe?

— Eles têm nome de homem. Miguel, Gabriel.

— Eu acharia muito mais lógico que quem tivesse ido dizer à Maria que ela ia ter um bebê fosse uma mulher.

— As mulheres voam de um jeito diferente.

Uma grande besteira, claro, já que eu jamais havia visto uma mulher voar. É que tem coisa que a gente sabe porque sabe. Os vôos a pique de Giotto di Bondone foram calcados diretamente na imagem de um cometa cadente: os anjos voam com uma velocidade tão vertiginosa pelo ar que deixam um leve rastro no ponto de onde seus pés já desapareceram. Uma mulher jamais voaria assim.

— Às vezes eu sonho que estou voando — disse Almut certa vez. — Mas vôo devagar: talvez você tenha razão. Por sinal, você consegue imaginar como uma mulher pousaria?

Ainda me lembro com clareza desse momento. Estávamos postadas diante da minha pintura favorita, a *Anunciação* de Botticelli, nas galerias Uffizi, em Florença. Não fazia nem cinco minutos, ela havia dito que estava farta de ver aqueles seres alados.

— Você me faz atravessar a Europa só para ver esses caras. Imagine que você é Maria. Lá está você, numa boa, no seu quarto, distraída com as suas coisas. Aí de repente você ouve aquele barulho de asas batendo, como se um pássaro gigante estivesse pousando. Você alguma vez já parou para pensar no barulhão que deve ter sido? Se uma pomba passa voando por perto, a gente já ouve. Imagine uma asa cem vezes maior. Deve fazer uma barulheira louca. *Crew prepare for landing.** Mas eu não quis escutar. Isso acontece comigo desde que me conheço por gente. Se acontece algo que me toca por dentro, que toca o meu segredo, como diria Almut, eu me abstraio. Estou ciente de que há pessoas ao meu lado, mas elas deixam de existir, sejam elas quem forem.

— Quase dá medo — disse Almut certa vez —, é como se você estivesse ausente, e eu sei que não é fingimento.

— É concentração.

— Não é, não. A coisa vai muito além disso. É ausência. Estar ou não ao seu lado não faz diferença. Antes eu me ofendia. Achava uma forma de desprezo. Como se eu tivesse parado de existir, quando no fundo você é que era a inanimada.

Mas eu não estava escutando. Ter diante de si pela primeira vez na vida uma pintura da qual só se viram até então reproduções é como uma alucinação. Incrível pensar que essa aí é a genuína e que Botticelli, um belo dia, há centenas de anos, se tenha postado diante dela após aplicar a última pincelada, contemplando-a com olhos que a terra comeu num passado muito remoto. Sinto que ele ainda está por aqui, nas imediações do quadro, mas sem poder tocá-lo; decorreu tanto tempo desde então que a pintura acabou por se converter em algo completamente distinto. Apesar disso, continua sendo o mesmo objeto material, o que lhe empresta um caráter sinistro. O efeito mágico do original me deixa atarantada de uma maneira que eu não

---

* Em inglês no original: Tripulação, preparar para a aterrissagem. (N. T.)

saberia descrever. Se ainda tivesse que prestar atenção nas pessoas que passam diante do quadro, o observam de relance e prosseguem, creio que desmaiaria. Certa vez assisti a uma sessão de candomblé na Bahia. A mulher que dançava estava completamente abstraída deste mundo: se alguém a arrancasse naquele momento de seu transe, teria despencado no chão. Tratava-se de algo do gênero. Histeria silenciosa. Palavras de Almut. Acompanhadas de um risinho, mas um fato em si.

Eu, porém, já havia me transposto para dentro do quadro nesse meio-tempo. Um chão vermelho de lajotas retangulares, um motivo austero, todas aquelas linhas retas contrastando com o turbilhão, as dobras e os vincos das roupas dos dois, para quem o resto do mundo também já cessou de existir. Um silêncio sepulcral. O anjo acabou de chegar, ajoelhado em apenas um dos joelhos, a mão direita erguida, voltada para a mulher acima dele, levemente recurvada em sua direção. As mãos de ambos praticamente se tocam, uma intimidade pungente. Espalmam os dedos das mãos, como se essa fosse a linguagem em que queriam se expressar, já que ainda não pronunciaram nenhuma palavra. A mulher não olha para ele, pois, se o fizesse, veria o temor inerente à reverência. Acredito que a maioria das pessoas jamais refletiu sobre a mensagem intrínseca à pintura. Um homem alado que acaba de chegar voando — as asas ainda ligeiramente erguidas, do lado de fora uma paisagem impassível com aquela única árvore etérea e alta banhada pela luz mediterrânea — traz uma mensagem de um mundo distante milhões de milhas mas ao mesmo tempo próximo deste nosso, um mundo em que tempo e distância não existem, um mundo que agora se aninhou dentro dela. Não sei o que é o divino, ou melhor, não saberia descrevê-lo; não sei como as pessoas suportam o contato com o divino, não considero isso factível. Se, porém, chega a ocorrer, o resultado é o que se vê no quadro em questão.

— Você acredita mesmo nesse besteirol?

É claro que Almut não deixaria de fazer essa pergunta.

— Não, mas na pintura isso é real. É isso que importa.

E importava também, claro, o fato de que o ângelus começasse a soar do lado de fora naquele instante. Alguns relatos têm a capacidade de fazer repicar carrilhões dois mil anos mais tarde num mundo informatizado, e Botticelli já sabia disso.

Ao chegarmos aproximadamente uma hora depois à ponte Vecchio, observando escoarem-se por baixo de nós as águas ligeiras do Arno, Almut disse:

— Imagine você.

— Imaginar o quê?

— Ir para a cama com um anjo. Ganha-se um par de asas por tabela, com o som do abanar e o frufru que elas fazem durante o orgasmo. Quando ele estende as asas e bate vôo, leva você junto pelos ares. O mais próximo que você chegou disso foi com um piloto, e já então não achei muita graça na coisa.

— O único anjo que você acharia atraente é o de Toledo, com aquelas asas fantásticas, sabe, o do El Greco, praticamente arrastado para o céu.

— O de nariz arrebitado? Agradeço penhorada. Mas que ele era poderoso, isso era!

Almut sempre me traz de volta à realidade.

3.

E assim foi também dessa vez. Ela havia arranjado tudo. Foi me buscar na delegacia para me levar ao ginecologista. Não sei qual das humilhações foi pior: aqueles uniformizados que não paravam de me perguntar o que eu tinha ido fazer lá na favela, ansiosos por ouvir mais uma vez o meu relato, animados de puro tesão, ou então aquela maldita cadeira cromada com as alças erguidas que eu costumo chamar de "estribos invertidos", além daquela cabeça entre as minhas coxas, resmungando à procura de traços de sêmen, que acabou constatando que eu havia escapado por um triz e que sabe-se lá se ainda não duvidava da veracidade dos fatos. Almut era a única pessoa autorizada a me perguntar por que eu me dirigi para lá naquela noite.

— Você estava com aquele seu ânimo? — perguntou.

Aquele meu ânimo. Não passa de uma palavra, uma palavra de nada. Não saberia dizer se tinha a ver com os sons animados da minha voz ou com a animação dos acordes de algum instrumento; nunca me dei ao trabalho de pesquisar no dicionário.

Em certos contextos, prefiro fazer perguntas a buscar respostas. Tratava-se de um código nosso, sabíamos perfeitamente o que ele significava. Certa vez, há muito tempo — eu deveria ter doze ou treze anos —, tentei explicitá-lo, explicitar o vazio, o medo abismal em que eu às vezes desmorono. É como se eu fosse despencar do mundo. A verdade é que me faltam as palavras, o mar reflui e me arrasta com ele, não consigo opor resistência — o que eu tampouco quero —; só desejo desaparecer para todo o sempre. Mergulhando nas trevas ameaçadoras, vou ao encontro do medo a fim de me entregar a ele e, conforme o tempo escoa, sinto-me entontecida, odeio esse corpo entontecido, quero desfazer-me dele, quero perdê-lo, quero que cesse todo e qualquer pensar. Trata-se de uma mescla de desvario, volúpia e melancolia. Quando tudo passa, deixa atrás de si uma terrível acuidade, uma clareza branca e elétrica em que eu sei não querer estar, consciente de que tudo se apresenta revestido de uma camada de ódio; as plantas, as coisas, o caminho pelo qual eu ia todos os dias à escola, até que essa tormenta arrefece, dando lugar a uma calma voluptuosa que me reconcilia com tudo, ainda que eu tenha a consciência de que toda e qualquer coisa apresenta a espessura de uma membrana, transparente. A ilusão de que jamais voltarei a me acostumar com o mundo por estar nele e ao mesmo tempo não estar, e ter que ajustar esses elementos antípodas irreconciliáveis. "Você está começando de novo a brilhar", dizia Almut então. "Venha, vamos exorcizar esses demônios!", depois do que íamos dançar como loucas, no quarto dela ou no meu, ao som de Jorge Benjor, dos Rolling Stones ou de algo do gênero, até acabarmos no chão, deitadas uma ao lado da outra para dar início às nossas grandes viagens. Almut tinha colado um mapa-múndi enorme no teto; sua imagem permanece gravada na minha retina: o layout era diferente do de outros mapas, a Sibéria de um lado e o Alasca de outro, esticados ao máximo, não estavam na parte superior onde se esperaria encontrá-los; não, ali se encontrava a Austrália, que agora, de repente, se convertia numa verdadeira ilha, numa ilha acima do resto do mundo. Sabíamos com uma certeza absoluta que iríamos para lá algum dia, para aquele mundo invertido em que tudo seria diferente, onde os brancos descenderiam de criminosos condenados à morte, cujas habitações, aliás, se restringiriam às bordas da enorme ilha, já que circunscreviam um interminável e tórrido deserto onde viviam aqueles que já tinham vivido lá desde sempre, como se fossem fruto mesmo das entranhas da terra: pessoas tostadas, crestadas e ressequidas que andavam pelo mundo com um passo manso, vivendo como se o tempo não existisse. Elas também viviam uma vida invertida em que nada se parecia com a de outros moradores do globo, como se jamais tivessem querido nada além do que simplesmente ser, sucedendo-se umas às outras nessa existência imutável sem jamais modificar nada no mundo. Todos nós já lemos sobre a era do sonho, sobre a era anterior à era e à memória, quando o mundo era plano e vazio e sem contornos e não existiam árvores, animais, alimento, pessoas, até o momento em que — ninguém sabe como —, vindos do oceano, do céu ou das beiras do mundo, apareceram os heróis, os ancestrais míticos. *Os heróis da criação.* Na minha língua, essas palavras possuíam um encanto que eu ainda hoje sinto ao pronunciá-las.

Ambas sabíamos exatamente o que queríamos dizer se uma de nós dissesse essas palavras: elas davam início a uma carreira de sonhos e idéias. Conhecíamos aquele país inteiro como se estivéssemos estado lá cem vezes. Cairns, Alice Springs, Coral Bay, Kalgoorlie, Broome, Derby, algum dia haveríamos de ir para lá a fim de atravessar o deserto, de Meekatharra a Wiluna e de Wiluna a Mungilli; cruzaríamos o país de cabo a rabo, veríamos Ayers Rock, Arnhem Land e a Nullarbor Plain, que tinham o aspecto do planeta Marte. A Austrália era o nosso segredo, colecionávamos tudo o que achássemos sobre ela, números antigos da *National Geographic*, prospectos de agências de turismo, tudo. Almut tinha na parede uma gravura de um lugar chamado Sickness Dreaming Place, fantasmas, formas brancas agitando-se, desenhados contra um fundo em que se via uma escarpa retorcida, interceptados por linhas cor de sangue seco, linhas que perpassavam também seus corpos, que se apresentavam divididos em superfícies geométricas estranhas. Sem bocas, buracos vermelhos no lugar de olhos, figuras em forma de leque sobre suas cabeças, fantasmas. Quanto tempo essas fantasias duraram eu não saberia dizer, mas ainda me lembro delas hoje e de toda a sua intensidade. Todas as nossas questões foram discutidas ao pé dessa gravura, cuja imagem permanece em minha retina: dramas de amor, brigas em casa e notas baixas iam se apagando por baixo daqueles fantasmas curadores que se haviam convertido nos nossos fantasmas, santos protetores aos quais recorreríamos algum dia em caso de extrema necessidade.

4.

O que nos atraía, imagino hoje, era o fato de que nunca houvessem escrito nada. Nada jamais havia se cristalizado, de sagrado havia ali todos os gêneros de coisas, mas nada registrado num livro. Não tinham inventado máquina alguma, o que era motivo de chacota, claro, mas o fato é que haviam vivido todos aqueles séculos numa terra hostil, numa espécie de eternidade sem dígitos; não tinham destruído a natureza, e a natureza os havia nutrido. A nostalgia que inspiravam por causa disso era uma nostalgia despropositada, pois seu mundo acabaria sucumbindo ao nosso. Tudo o que haviam formulado no decorrer do seu tempo infindável só se encontrava ainda na arte, uma arte, aliás, que eles na maior parte das vezes imediatamente aniquilavam: desenhos na areia, pinturas sobre o próprio corpo para suas festas rituais, uma arte que pertencia a todos menos a nós, por não possuirmos as chaves dos segredos. Não penetraríamos além da superfície das coisas. Queríamos entender e não entendíamos; tratava-se ao mesmo tempo de uma abstração e de uma realidade física. Como traduzir em algo compreensível um sonhar que já perdeu toda a relação com sonhos, mas que ainda assim permanece, um substantivo expressando uma ordem mundial desde as origens do Universo até os tempos que precederam à memória? Aquilo era demasiado para a nossa cabecinha de dezessete primaveras — e na verdade ainda é até hoje. Os homens-trovão, a serpente do arco-íris e todos aqueles seres em forma humana ou não humana haviam atravessado o caos do mundo ainda não formado, criando assim tudo e ensinando às pessoas como manejar o mundo, nada menos que isso. Os ancestrais míticos tinham lançado nessa era de sonhos uma rede de "ensonhamentos" sobre o mundo. Algumas vezes, ela recaía apenas sobre os habitantes de determinado lugar, outras vezes percorria grandes distâncias, atravessando o deserto, para que pessoas de diversas regiões, ainda que falassem línguas diferentes, se unissem umas às outras, mergulhadas num mesmo ensonhamento. E tudo aquilo era visível país afora. Os espíritos e os ancestrais tinham deixado rastros por toda parte em forma de pedras, bacias de água e formações rochosas, de maneira que seus descendentes pudessem ler os relatos a fim de retraçar os passos de seus ancestrais ao longo da história. E a coisa não acabava aí. As forças ainda vivas dos seres ancenstrais não se mostravam visíveis e reconhecíveis somente na paisagem: as próprias pessoas possuíam seus respectivos estados oníricos, unindo-se assim aos seres que lhes haviam precedido. E tudo teve sua expressão em algo que se convencionou chamar de "arte", a nossa própria identidade espiritual, o nosso totem, que tinha a ver com um fenômeno natural ou com um animal, com canções que nenhum outro conseguia cantar, com danças, signos secretos, uma cosmogonia em que nada jamais se registrara em papel, mas em que tudo, literalmente tudo, ocupava um lugar específico, ao qual nós ou o nosso grupo voltaríamos vez após vez:

um mundo sem língua escrita, uma enciclopédia perpétua de signos que após dez mil anos ainda podíamos ler, encontrando nela o nosso próprio lugar. Quanto mais líamos, menos entendíamos: era demasiado e hermético demais, mas era a visualidade que sempre nos atraía, e ela pouco a pouco nos foi dando a sensação de que podíamos escapar do nosso próprio mundo, adentrando um segredo que não precisávamos dividir com ninguém. Uma das nossas fotografias preferidas era a daquele homem de mais idade e nu, pintando numa parede rochosa. Estava sentado sobre a canela esquerda. Era velho porque tinha cabelo encarapinhado branco, mas seu corpo era o de um jovem; brilhava; apenas os pés tinham uma cor acinzentada, curtida, pés de quem nunca calçou um sapato na vida, que posteriormente fugiria, abandonando a pintura, um alguém sintonizado com um sistema pensante inconcebível para nós, que acreditava na aparição algum dia dos tais heróis criativos num mundo vazio, que algumas vezes assumiam aspecto de animais, outras de seres humanos, capazes de se transformarem uns aos outros em árvores ou rochas ou de se lançarem mutuamente pelos ares a fim de criar, assim, a Lua ou os planetas. Sabíamos com uma certeza absoluta que algum dia iríamos para lá. Mesmo quando nossos estudos nos levaram primeiro à Europa — a Dresden, Amsterdã e Florença —, a Austrália permanecia acenando para nós em segundo plano. Bastava ouvirmos o nome para nos entreolharmos com um sorrisinho que só nós duas entendíamos, um segredo só nosso, insondável para terceiros. Fiquei em casa nas duas semanas que se seguiram ao incidente na favela. Não queria ver ninguém. Com meus pais eu não podia falar a respeito. Às vezes Almut vinha e se sentava ao meu lado na cama. Ela sabia que não precisava dizer o que quer que fosse, até que um dia veio e me contou que tinha descoberto umas passagens baratas para a Austrália. Voaríamos primeiro para Sydney e depois de

Arnhem Land para El Shirana. A partir daquelas paragens seguiríamos para o Sickness Dreaming Place. Ela não precisava dar maiores explicações, nós duas sabíamos muito bem o que aquilo queria dizer.

5.

Os pais de Almut são de origem alemã. Nas minhas veias corre uma boa dose de sangue latino. Meu pai é um genuíno teutão, desses em que só falta vestir o uniforme, mas seu instinto não falhou e ele conheceu a minha mãe. Se ele é Wagner, ela então se converte num Verdi elevado a dois, o que fica patente quando estão discutindo. Ele me escolheu por simples curiosidade, costumava dizer mamãe, ele não sabia quem tinha diante de si, se portugueses, judeus, índios ou italianos; queria saber qual deles predominava em mim, mas subestimou os índios. Esses permaneciam um enigma para ele. Para mim também. A sombra, o meu ânimo, eles são os meus índios, eu os conheço da minha mãe, aprendemos a deixar uma à outra em paz quando a coisa esquenta.

Almut esconjurou o caos. É uma teutoa, dada à organização. Foi ela quem introduziu a idéia do cofrinho-poupança para a nossa viagem à Austrália, já faz anos e anos. Foi ela também quem disse — e põe mais anos nisso — que deveríamos aprender algo com que pudéssemos ganhar dinheiro enquanto estivéssemos viajando, algo que nos fizesse não precisar volta e meia estar com as mãos mergulhadas em pias de bares e restaurantes, trabalhar como *baby-sitter* ou algo ainda pior. Fizemos um curso de fisioterapia e aprendemos exercícios para pessoas com problemas nas costas, massagem, esse gênero de coisas.

— Com isso nós podemos dar a volta ao mundo — dizia Almut.

— Em prostíbulos, você quer dizer.

— Contanto que eles mantenham as mãos longe de mim, tudo bem.

6.

"Esse eu só empresto", havia dito o dono da galeria em Adelaide, como se falasse de um livro ou de uma pintura, uma coisa. Ou ele não ouviu, ou fez que não ouviu, sendo o último o mais provável.

Uma exposição de pintores aborígenes de toda a Austrália. A sua pintura era negra, um céu noturno com uma quantidade infindável de pontos brancos minúsculos, tão minúsculos que nem poderiam ser chamados de pontos. A primeira coisa que nos vinha à mente eram estrelas, mas isso é simplista demais. Primeiro se via uma tela negra monocromática, e só mais tarde aquela miríade de pontinhos incrivelmente finos, estrelas ou não. Perpassando a rede filigranada, uma forma vaga, mais escura, o estado onírico de um animal totêmico que deveria representar mais uma vez o escoamento de uma pequena corrente, tão abstrata que não pode ser vista pelo tipo de visão que é o nosso. Mas está claro que isso tampouco tem a ver com visão; é um sistema pensante com o qual acabamos deparando. Ele havia tentado me explicar algo, mas sem sucesso. Não olhava para mim ao falar, era como se cada palavra lhe custasse um esforço fenomenal. Por mais que Almut e eu tivéssemos lido sobre a Austrália no passado, acabamos descobrindo que não havíamos lido nada além de histórias que jamais teriam a realidade que aquela pintura tinha para ele. O problema não era a pintura em si. Poderia estar exposta em qualquer museu americano ou brasileiro, *Desert lizard dreaming at night,** por que não? Tampouco era problema eu não ter visto nenhum lagarto do deserto. Dreaming, outra vez a palavra vinha à tona. Uma palavra da qual não podíamos nos esquivar, tratava-se de um trocado miúdo em torno do qual permanecíamos orbitando. A língua inglesa ainda lhe dava um certo quê, mas tente traduzi-la para outra língua, preservando-lhe o sentido, o de religião, primórdios sagrados, a época dos ancestrais míticos, mas também lei, ritual, cerimônia, o estado de espírito do qual essas pinturas haviam sido feitas, uma vez que ele havia herdado do pai e do avô o ensonhamento do lagarto do deserto. Como se poderia herdar algo que não era nem coisa nem objeto? Em algum ponto dentro de si, na sua origem, no seu ser residia aquele lagarto invisível, que não era lagarto e que para mim nunca seria visível em suas pinturas, um ancestral em formas animais que havia chegado a ele através de um tempo nunca cronometrado, havendo preservado seu significado sagrado inclusive depois de haverem chegado os outros, que não sabiam nem entendiam nada de tradições e que corroeriam e subjugariam tudo. "Ensonhamento", eu gostava de repetir a palavra para mim mesma, como se dessa maneira pudesse ter a minha parte naquele reino de espíritos, naquele mundo encantado de que falavam essas pinturas e que só parecia existir em reservas perdidas no deserto inclemente

---

* Em inglês no original: Lagarto do deserto sonhando à noite. (N. T.)

que alguns ainda hoje poderiam ler como um livro ou como um canto. Cada qual tinha seu próprio ensonhamento, com o totem e os textos correspondentes, que pertenciam ao seu patrimônio e à sua origem pessoais, uma criação dos ancestrais, ainda hoje em andamento, chamada igualmente de "ensonhamento". Na cidade não se via mais nada disso. A maioria dos australianos de pele branca parecia ter certa dificuldade com tais conceitos metafísicos, quem sabe pelo simples fato de que o que eles percebiam do mundo aborígene se parecesse com os destroços de um naufrágio humano, indivíduos que haviam perdido o elo com sua origem, a identidade com uma terra. E você que não se atrevesse a falar de lugares santos, terreno com acesso vedado, ainda mais se a alguns palmos abaixo deles se encontrassem ouro e prata ou outros bens cobiçáveis.

7.

Não sei se consigo. O silêncio que reina aqui fora não se compara a nada, tampouco o céu constelado. Silêncio desértico, céu desértico. Na luz tênue da lamparina de acetileno, eu vejo a sua pele, de um negro tão opaco como o da sua pintura, em que se esbate um lusco-fusco alvo, como se por trás daquela negritude se ocultasse uma via láctea interminavelmente longa. Ele consegue respirar sem fazer ruído. Nada aqui faz ruído; acho que, se nos silenciássemos ainda mais, poderíamos ouvir os grãos de areia, os lagartos do deserto, o vento no spinifex,* nas balgas,** nas arborescências ralas. Isso se houver vento. Nesta noite não há. Trago uma longa viagem nas costas, e veja onde vim parar. Eu agora tento dizer o que penso, mas não consigo. Gostaria de dizer algo sobre o

---

* Espécie botânica (*Triodia*) pertecente à família *Poaceae*, que cobre vinte por cento da superfície australiana, nas suas regiões mais áridas. (N. T.)
** Espécie das angiospermas, também chamada de "xantorreácea", pequena árvore paquicaule nativa da Austrália. (N. T.)

meu corpo, sobre como entendi melhor que nunca que me coube tê-lo uma só vez e que ele coincide com o que eu chamo de "eu-mesma", mas é aí que tropeço no fio das palavras: sobre êxtase não se fala. No entanto se trata de algo do gênero; jamais existi tanto como agora. Não tem nada a ver com ele, ou melhor, ele é apenas uma parte do todo: pertence a seu mundo muito mais do que eu jamais pertenci ao meio em que nasci; e agora tudo é diferente, eu me fundi a este mundo, impossível expressá-lo melhor. Apenas a Almut eu teria coragem de dizer algo assim, mas agora nem isso eu faço. Sei que ela não riria de mim; eu sempre pude lhe confiar tudo, porém o momento ainda não chegou. Eu me tornei uma igual do silêncio, da areia, do céu constelado, mas isso não se diz, tampouco que eu não passo de um indivíduo qualquer, sabendo pela primeira vez qual é o meu lugar. Nada mais pode me acontecer: isso sim é que não se diz. Eis aí outra coisa que no fundo não devemos dizer, mas assim é e pronto. Não sou uma histérica, sei exatamente do que estou falando. Sei também que Almut compreende. Por menos que dure, pelo menos eu ultrapassei a minha própria sombra, e isso é positivo. Estamos juntos agora; sou clara e escura ao mesmo tempo. Sei que não encontrarei um só ponto de luz se for para fora. Foi o que eu fiz ontem; mas há ainda duas coisas: o "si próprio" e o resto, e nesse ponto não importa mais que o primeiro acabe qualquer dia desaparecendo ao fundir-se no último; viu-se tudo, entendeu-se tudo. Tornei-me inabordável, soberana. Se fosse um instrumento musical, produziria a mais bela das músicas. Sei que não posso dizer nada dessas coisas a quem quer que seja, mas juro que é verdade. Pela primeira vez na vida entendi o que queriam dizer na Idade Média quando falavam da harmonia das esferas. Estou fora, e não apenas vejo as estrelas, também as ouço.

Queria saber quem foi que baniu do mundo a idéia dos anjos, se ainda agora eu os sinto ao meu redor. A minha tese de conclusão de curso tinha como tema as representações dos anjos musicais. Hieronymus Bosch, Matteo di Giovanni e, em especial, uma de um manuscrito iluminado do século XIV. Vê-se são Dênis sentado à secretária, fazendo no seu livro anotações sobre a hierarquia dos anjos, que pairavam acima dele dispostos em nove arcos concêntricos, empunhando seus instrumentos medievais. Acima de sua cabeça mitrada, eles voam uns ao encontro dos outros com seus instrumentos de corda e de sopro, saltério e tamborins, órgão e címbalos. Aqui, deitada no deserto, eu os ouço: um júbilo inimaginável no silêncio. Anjos, o lagarto do deserto, a serpente do arco-íris, os heróis da criação, tudo se encaixa. Cheguei. E se eu for embora não preciso levar nada junto: já tenho tudo aqui comigo.

8.

Reflito sobre o que eu digo. Todas estas palavras, saltério, mitrada, anjos, címbalos, não pertencem ao dicionário dele. Pelo menos era o que eu pensava, mas foi ele que acabou rindo de mim.

Essa não é bem a palavra — ele acabou "sorrindo" de mim. Afastou-me para o canto com um olhar que vinha de longe. Esse será o relacionamento mais curto da minha vida e eu quero me lembrar de todos os seus momentos como se houvessem durado uma eternidade. Sei que ele está me estragando, que depois dele não poderei sentir nada parecido com ninguém, mas já não ligo. Ele chegou na hora certa. Tem muita coisa que eu não entendo. Nossos rostos são transparentes, o dele não é. Poderia ser feito de ônix, não envia nenhum *feedback*. De onde ele veio?

Ele me mostrou um mapa, da Austrália, com o mesmo formato de sempre, algo como um boi sem cabeça dormindo. Dentro do contorno já não se viam as fronteiras políticas, apenas pontos coloridos circunscrevendo palavras, Ngaanyatjarra, Wawula, Pitjantjatjara, povos perdidos, povos vivos, não me lembro. A cada um daqueles nomes estava ou está associada uma língua. É preciso abolir a palavra "aborígenes", ele disse; só não havia dito de onde ele próprio vinha. Recusa-se a falar de quaisquer das noções que eu trazia na cabeça quando vim para cá: os mitos, a época dos sonhos, os seres oníricos, sua própria origem. No prospecto que a galeria fez sobre suas pinturas, há uma história sobre o seu totem, o lagarto do deserto, mas, se eu me refiro ao fato, ele dá de ombros.

— Você não acredita mais? — perguntei.

— Se eu ainda acreditasse, não poderia estar falando do assunto de jeito nenhum.

— Ou seja, você deixou de acreditar.

— Não é tão simples assim. — E ponto final na conversa.

Eu tento manter tudo isso numa dimensão de frieza sóbria, com o olhar de um circunstante: quem sou eu, qual é a minha história, como vim parar aqui, quais os meus sonhos em relação a este país, que se revelaram tão diferentes do que eu havia imaginado, os meses em que já estou aqui. Queria saber se estava mentindo a mim mesma, mas tudo confere, eu não estou louca, se houver realmente um êxtase ele terá de ser então do gênero da mais pura água, algo que eu sempre desejei, algo que não precise necessariamente durar. Ou melhor, não precise durar é condição *sine qua non*. Pode ser que isto seja contrário às leis, inimaginável: uma pessoa olhar para você, pôr as mãos em seus ombros e dizer que terá de ir embora dali a uma semana, mas ir para não voltar, como se toda uma vida tivesse de ser comprimida numa semana.

9.

A minha Austrália era fictícia, uma fuga; soube disso logo que cheguei. Estava extenuada pelo vôo tão longo, e com medo. Almut dormiu a viagem toda, a maior parte do tempo com a cabeça encostada no meu ombro, mas agora despertava, puxando-me pelo braço, pedindo que eu olhasse para Órion, que parecia pairar de viés no céu, a exemplo de um caçador que houvesse tropeçado. Eu a sentia estremecer de excitação. Foi o que sempre nos diferenciou uma da outra. Perante as mudanças, eu encolhia e ela se expandia. Ela transbordava, tratava-se de uma experiência física, era como se não pudesse esperar pela aterrissagem, seu vôo a propulsionava adiante, e ela me arrastava consigo.

Mesmo a chegada ao aeroporto não foi uma decepção para ela; parecia não sentir o cheiro enojante de lisol, característico dos aeroportos ingleses e que de maneira alguma se afigurava como um presságio da terra de sonhos que nós, havia tanto, tínhamos imaginado no quarto de nosso apartamento em São Paulo. Este era o país dos vencedores; eu ouvia a língua dura, em que se comiam as sílabas e que havia enxotado todos os outros idiomas; eu sabia haver cometido um erro fatal, sentimento que só se desfaria dali a alguns dias. Com Almut acontecia o contrário. Ela havia chegado num estado de euforia que perduraria nas primeiras semanas. Havíamos encontrado um hotel do tipo *hippie*, em que podíamos cozinhar. Não tínhamos visto de trabalho, o que não foi empecilho algum. Na primeiras semanas ela já havia encontrado trabalho com um pretenso fisioterapeuta, mas eu que não imaginasse coisas.

— A minha função é a de placebo: velhas com artrose, marmanjões que deslocaram um pouco algum osso surfando por aí. Meu Deus, que corpos esta gente tem, é um mais bonito que o outro! Sem falar dos músculos, nunca vi tanta carne na minha vida; se tivesse que comer essa carne toda, o meu colesterol iria às alturas. Além do que eles têm uma libido que nem lhe conto: parece que é só abrir uma válvula, mas eu é que não me atrevo.

Ela, porém, se atreveu, sim, algumas semanas depois, e foi despedida.

— Como você pode ter sido tão tonta?

Deu de ombros.

— Típico de um brasileiro, né? Pode não estar nos meus genes, mas alguma coisa acabei introjetando. Fora que eu acho eles tão fofos! Uns corpos tão gigantescos que nem sabem o que fazer com eles. São verdadeiras construções, agora eu entendo de onde vem o termo inglês *"bodybuilder"*. Podem surfar, jogar rúgbi, fazer *cross-country* pelo deserto, preparar um churrasco de meio búfalo, mas, quanto à sofisticação, necas. Pelo menos até agora não vi nenhuma. E ele era tão alto que era de tirar o fôlego; não era um homem, mas um símbolo fálico que você não hesitaria em introduzir num templo de Shiva para que a aldeia inteira viesse trazer oferendas. Sem falar daqueles enormes olhos azuis de "mamãe-me-acuda!" e do grito selvático que vinha de brinde; ele me dava cada susto! Pois é, mas aí aparece a chefe e a brincadeira acaba. Com aquele beicinho de ameixa seca, ela parecia uma reencarnação da rainha Vitória. Meu Deus, que inglesa mais empertigada! *"Oh, miss Kopp, I dare say, this is a decent establishment."** Pelo menos tenho assunto para o meu diário outra vez. E agora, o que é que a gente faz?

Estava chovendo. Eu trabalhava numa barraca de praia e ligaram dizendo que eu não precisava ir. Tinha sido esse o acordo. Chuva significava ócio, e ócio o não-recebimento de dinheiro. *Fair enough.***

— Você ainda se lembra da razão pela qual a gente veio? — perguntou Almut.

Eu me lembrava. Tínhamos vindo para ir ao Sickness Dreaming Place, mas nunca voltamos a falar do assunto. Da outra razão, tampouco nenhuma palavra. Impossível dizer, até uma para a outra, que havíamos vindo à Austrália para ver aborígenes.

Como se adivinhasse o que eu ia dizer, Almut adiantou-se:

— Você se lembra de como imaginávamos a Austrália? E de como queríamos ir em busca dos tempos oníricos? Eu jamais encontrei ninguém parecido com o que imaginamos. Não existe ninguém assim. Eu, pelo menos, nunca vi. A única coisa que eu vi foi meia dúzia de almas perdidas num parque.

— Mas isso não é nenhuma novidade, você já sabia.

— Eu sei, mas não imaginava que os parques tivessem essa

---

* Em inglês no original: "Ah, miss Kopp, devo dizer que este é um estabelecimento decente". (N. T.)

** Em inglês no original: Nada mais justo. (N. T.)

aparência. É como um campo de concentração sem cercas. Já se sente o cheiro da cerveja a dez metros de distância.

— Você parece uma australiana falando. Eu já ouvi isso centenas de vezes. Só no meu trabalho tem dois assim.

— Na cozinha, sei. Lavando prato. E recolhendo o lixo.

— São dois sujeitos simpáticos.

— Não digo que não sejam. Você conversou com eles? Perguntou de onde eles vêm?

Mas eu não tinha conversado com eles. Ou melhor, eles não tinham conversado comigo.

O que mais me chamou a atenção foi sua maneira de andar, difícil de explicar. "De viés" não é exatamente a expressão, mas quase. Andavam sobre aquelas pernas finas e longas e de joelhos proeminentes como se se esgueirassem. Como se não estivessem ali. E, para piorar, não nos olhavam nos olhos. Não sei se "ariscos" é a palavra, mas a verdade é que aqui nunca consegui entabular nenhuma conversa de fato. Os outros funcionários tampouco se esforçavam nesse sentido. Certa vez me pus a conversar a respeito disso com um dos cozinheiros, que trabalhava para pagar seus estudos, e ele me disse:

— Você projeta coisas demais neles. Vocês, estrangeiros, têm cada fantasia sobre esses sujeitos! A metade do que se lê é fantasia. Esse mundo não existe mais. Os que você encontra aqui estão entre a cruz e a caldeirinha e vão ter de sair desta sozinhos. Todas essas histórias sobre solo sagrado são uma beleza, claro, mas de que elas servem agora? Eu reconheço que tudo que aconteceu foi horrível, mas, insisto, e isso lá é consolo? Ou melhor, é de algum consolo para eles próprios? Pintar os corpos para que os outros se divirtam? Fingir que nunca viemos? Eles perderam. Pode ser escandaloso, mas há algo que possamos fazer? Pagar-lhes alguma indenização, contornar os lugares santos quando caminhamos, como se ali embaixo estivesse um reservatório de urânio? Estamos no século vinte e um. Espere só até você ir parar numa dessas reservas; aí eles lhe encenam uma vida museológica. Você pode fazer uma viagem no tempo, só que tem que pagar. Isto é, se deixarem você entrar. Por mais estranho que pareça, tenho um respeito enorme quando eles dizem aos turistas: "Podem dar uma volta por aí, mas não voltem!". E então eles vão se torrar numa caixa de areia a mil quilômetros de distância de qualquer lugar, fingindo que o mundo não existe. Já vêm fazendo isso há milhares de anos, mas naquela época o mundo também não existia.

— O mundo deles existia, sim — disse eu.

— Não precisa tentar me convencer. Mas eu lhe digo que eles vivem numa bolha de ar. E não somos nem eu nem você quem temos a solução para o problema. Muito menos todas essas pessoas tão bem-intencionadas. Esses aí gostariam mesmo é de metê-los no congelador. Sem falar daqueles que, ainda por cima, ganham dinheiro com a coisa. Aficionados de museu, donos de galerias, antropólogos. Como você vê, não podemos voltar no tempo.

— Mas você está de novo com a cabeça nas nuvens! — arrematou Almut. — Você se lembra do que nós estávamos falando?

— Você me perguntou o que nós íamos fazer, não foi?

— E isso a espanta? Pois olhe à sua volta. Miséria anglo-saxônica, ou estou enganada? Eu quero ouvir um bem-te-vi, quero ouvir um periquito, quero ouvir um sabiá, quero ver um ipê-roxo, quero ver uma quaresmeira com flores violeta, quero comer um churrasco no Rodeio, quero beber uma cerveja gelada no Frevo, quero comprar um biquíni no shopping, quero ver o meu avô jogar na Hípica Paulista...

— Em poucas palavras, você está com saudades.

— Pode ser.

— E como fica o Sickness Dreaming Place?

— Bingo, está de pé! Amanhã nos mandamos.

— E como é que a gente vai fazer?

— Voamos até Alice Springs. Chegando lá, compramos um *four-wheel drive* caindo aos pedaços e seguimos para o norte em direção a Darwin. Assim, logo chegamos outra vez aos trópicos.

— E o que eu faço com o meu trabalho?

— Peça demissão. Encontramos outra coisa para fazer. Não agüento mais olhar para esse sofá marrom, não agüento mais olhar para a parede e ver essa menina horripilante de rabo-de-cavalo indo pela primeira vez à escola, não agüento mais olhar para essas cadeiras de plástico se desintegrando, não agüento mais olhar para essa cretina da senhoria com a cara cheia de espinhas. *"Could you please cook normal food darling, the whole house smells like an African village...?"**

— Ande logo. Agência de viagens, Arnhemland.

---

* Em inglês no original: "Meu bem, será que você poderia cozinhar uma comida normal? A casa inteira está com um cheiro de aldeia africana...". (N. T.)

10.

Alice Springs. Só se passaram algumas semanas, mas para mim todo o tempo passado é sempre tempo presente, diz Almut. O Central Business District é um hiato entre o Wills Terrace e o Stuart Terrace, oito ruas situadas à margem do rio que não é rio. O que recebe no mapa o nome de "Todd River" não passa de uma caixa de areia de cor ocre. Vê-se um arvoredo desvigorado e ressequido, sobre o qual se retesa inutilmente o arqueado das pontes. Sobre um gramado esturricado, dois aborígenes, uma fogueirinha, alguma fumaça, umas tantas figuras estendidas, cochilando. Eu tinha vindo dirigindo até Anzac Hill; Almut não quis vir junto. No pequeno escritório do telégrafo, fotos de pioneiros e de camelos. As linhas telegráficas só haviam chegado até aqui: teriam de se estender até Darwin, e de lá à Java, para se conectar com a Europa, e estamos falando de 1872. Também há fotos de uma assembléia de aborígenes, um *corroborée* de 1905. Trezentas gerações de Aranda, cinco gerações de brancos, alguém havia anexado esse comentário, o que, pelo visto, é certo. Fito as estranhas pinturas brancas sobre as peles negras; quatro deles estão posicionados com as mãos atrás das costas. O realce das cores esbateu-se, a técnica fotográfica antiquada tinha borrado a paisagem, reduzindo-a a uma barra de luz cintilante, e é aí que se encontram eles, os corpos repletos de uma linguagem de signos, pontos brancos sinuosos, serpentes, formas labirínticas, charadas. Oferecem algum significado naquele tempo perdido, mas não consigo decifrá-lo. De longe, vejo quão ínfima é Alice Springs, na verdade é quase nada, algo como a Terra na nossa galáxia, um suspiro, nem ao menos uma vírgula. Pode-se ver a disposição espacial das poucas ruas, onde terminam os trilhos ferroviários vindos do sul e de onde ainda não partiram para o norte tropical; por trás desse pouco, porém, se encontra o muito: a planície, o dorso das cordilheiras, a linha reta à distância da senda perdida, o caminho que trilharemos rumo a Darwin. O que eu me lembro do caminho? A secura desmesurada, os *roads trains*, caminhões enormes com dois ou três anexos que lançavam um búfalo para a margem do caminho como se fosse um cão. Um cervo num violento banho de sangue. Certa vez desviamos da Stuart Highway numa nuvem de poeira vermelha. O solo tosco e sulcado, uma chacoalhação tal que éramos empurradas para a lateral; em seguida uma areia fina, desagregada e escorregadiça. Os rios traçados no mapa se secaram. E por todos os lados aquelas mosquinhas chatas. Tento imaginar como elas fazem para atravessar aquele vazio sem fim, mas não consigo.

11.

Existe, sim, gente transparente. É possível que você encontre também exemplares negros, mas esse era branco, e velhíssimo. Levava sobre a cabeça a versão amarelada de um capacete colonial. Por baixo do capacete escorriam — esse é o verbo que melhor o expressa — longos chumaços de cabelo de um branco sujo que, no meio do caminho, se transformavam numa barba da mesma cor, a qual se abria como um leque mais abaixo. As carnes magras se ocultavam num uniforme colonial já ultrapassado com punhos esfarrapados, dos quais pendiam duas mãos esquálidas que, pelas unhas sinistramente longas, mais se assemelhavam a garras. Mas o som vocal produzido pela figura na cadeira de balanço estava em desarmonia com todo o resto, surpreendentemente agudo e melodioso como era.

— Pode ir fechando esse livro aí — disse a voz. — Você pode passar dez anos fazendo sua lição de casa sobre os aborígenes que mesmo assim vai continuar no escuro. Já faz cinqüenta anos que estou aqui e ainda não me iluminei. Onde é que você está, chegou já nos *moieties*?

E assim ele me encurralou. No caminho, eu havia lido sobre os *moieties*, mas, de fato, não tinha entendido bulhufas. Ou melhor, tinha entendido o que estava escrito, mas não como aquilo funcionava. Nesse meio-tempo, eu mesma havia descoberto que "*moiety*" derivava de "*moitié*" e que, portanto, devia significar "metade". No entanto, a vida social dentro da comunidade aborígene era de uma complexidade assombrosa! O que o fulano de uma das metades da comunidade podia fazer com o sicrano da outra, e o que se esperava, justamente, que o sicrano dessa outra fizesse com o fulano da primeira? E por que alguém em Arnhem Land podia pertencer à *dua moiety* e sua mulher à *jiridja*? E o que, por outro lado, aquilo simbolizava no que dizia respeito aos rituais e às cerimônias? E como se não bastasse, dentro desses esquemas existiam subcategorias de grupos dialetais e clãs, o que, por sua vez, determinava quem podia pintar o que e quem não podia ou que trecho de uma canção podia ser cantado por quem, e quem não podia cantá-lo. A matemática pura e os cerimoniais da corte japonesa nem chegavam aos pés, fiquei tonta, acabei desistindo. Foi essa a música que eu escutei naquela manhã, no museu. Almut logo saiu correndo, mas eu tinha entrado numa espécie de transe pelo canto doído e de realejo de um grupo de mulheres de mais idade, um canto que parecia não ter fim. Aquilo não era parecido com nada que eu conhecia: uma meia dúzia de senhoras velhas e pobres, como que tostadas de sol, cantando sobre uma terra vermelha também crestada; a poeira se levantava em redemoinhos à passagem de seus pés descalços e curtidos. Seus pés e seus bastões repisavam aquela terra dura e seca que mais parecia feita de pedra; a melodia dava voltas em torno de si mesma numa repetição sem fim, as palavras tão distantes de qualquer significado que era difícil acreditar que aquilo fosse uma língua, enquanto o que importava era exatamente a língua, o relato, os seres ancestrais que haviam chegado do ultramar em botes miúdos e que, no canto dessas mulheres, trilhavam a terra onde eu agora estava, criando animais e espíritos que se converteriam nos totens, que ainda desempenhavam papel importante na vida das pessoas.

— Venha se sentar aqui.

A voz era peremptória, e eu obedeci. O rosto debaixo do capacete colonial era um pergaminho só, mas os olhos, de um azul gelado, estavam radiantes. O inglês falado por ele era do tipo com o qual se pode delimitar um território de origem e educação; era um milagre que o tivesse conservado durante aqueles cinqüenta anos. Os australianos dão a uma pessoa assim o nome de *"Pom"*. A roupa colonial dançava em seu corpo, de tão larga; dentro dela parecia haver um esqueleto, mas a voz desmentia tudo: no mindinho esquerdo ele levava um anel heráldico. Ou seja, ele também tinha o seu próprio totem.

— Os meus olhos ainda enxergam bem. Eu conheço esse livro que você está lendo. Ele foi escrito há muito tempo, e dizem que é uma obra-prima, mas você não tirará nenhum proveito dele. Reconheci pelos desenhos abstratos, pelas linhas com números e pelas letras que deveriam explicitar o mundo secreto daqui. Uma obra muito respeitável e exata. Que indivíduos de qual origem podem se casar com que outros, quais podem participar da cerimônia de defumação de corpos, quais estão autorizados a entoar canto quando os ossos voltam a ser enterrados, quais pela linha materna e quais pela linha paterna, até a enésima geração... No final você acaba sabendo disso tudo, mas só para esquecer depois. Você é antropóloga?

— Não.

— Então esse livro não tem importância para você. Mesmo se você tiver lido tudo, vai continuar olhando para essa gente sem entendê-la. Não quero pintar a coisa mais enigmática do que ela é, mas que ela é enigmática, isso é, além de bonita. Talvez as pessoas não sejam bonitas: Praxíteles não as teria esculpido em pedra; aliás, nem a nós. Parece que essa gente não se encaixa no nosso ideal de beleza, apesar de que já faz tempo que não reparo mais... Eu acho a gente daqui bonita: é a antiguidade do mundo deles que os torna bonitos. Pelo menos para mim. E o que eles fazem, os cantos, a arte. Eles vivem da arte que produzem, não há diferença entre o que eles pensam, como vivem e o que fazem. Uma coisa parecida com a nossa Idade Média, antes de tudo ser esquartejado. É fácil viver num mundo fechado. É por isso que esse mundo atrai tanto vocês, se é que eu posso pôr a coisa dessa maneira. "Vocês" não soa muito amigável. Mas já faz muitos anos que eu vivo nesses confins e acompanho a vinda e a procura de vocês. Nesse mundo tudo se dá ao mesmo tempo: poesia, a maneira integral como vivem; é muito sedutor para as pessoas que vêm de algum lugar onde quase tudo está errado. A conseqüência é que tudo, ou quase tudo, se aniquila. Não é isso o que todo mundo vem buscando desde sempre, o paraíso perdido? Essa gente sonhou um sonho infinito, uma eternidade na qual poderiam seguir vivendo para todo o sempre, em que nada precisaria ser modificado. Em tempos imemoriais, chegaram aqui seres que tinham sonhado esse mundo, e agora eles próprios, seus descendentes, podiam retomar o curso daquele sonho num mundo comandado por espíritos, repleto de lugares enfeitiçados, num sistema em que não há lugar para nós, por mais que quiséssemos.

Ouvi calada. Por trás da varanda, me chegava aos ouvidos o zunido trôpego dos ventiladores antiquados pendurados no teto do saguão. Eu já sabia daquilo tudo, mas não me importaria se aquela voz não se calasse jamais. Ela tinha uma inflexão diferente, uma espécie de lamento que, estranhamente, não causava tristeza. É possível também que fosse exatamente o que eu quisesse escutar: que eu pudesse me manter fora daquilo tudo, fora da erudição e da prestação de contas; que eu pudesse deixar a coisa agir sobre mim sem entendê-la, como antigamente, no nosso apartamento lá nos Jardins, seduzidas que estávamos pelas imagens. As representações, os gráficos e as abstrações não tinham nada a ver com aquelas mulheres dançando; não me deixariam mais perto da solução do enigma, e quem sabe fosse melhor mesmo que eu nem desejasse mais isso. Pus-me involuntariamente a pensar nas pinturas rupestres, nas paisagens, no sussurrar rouco com o qual um certo alguém me soergueu naquela primeira noite da minha própria vida, com palavras cujo sentido me havia escapado por completo, tanto como o das canções daquela outra manhã, que sempre ecoarão em meus ouvidos.

Afastei o livro.

— Bem, eu não disse isso à toa. Falo porque fui eu que escrevi o livro.

Olhei-o com atenção. No verso da sobrecapa, via-se um jovem postado entre uma dupla de caçadores com lanças. Cyril Clarence. Parecia uma versão mais jovem de James Mason. Pelo visto, a foto tinha sido tirada havia pelo menos sessenta anos. Foi o que eu disse. Ele sorriu.

— Eu proibi a mim mesmo de me arrepender do que quer que seja, mas demorei meio século da minha vida para entender como funciona o mundo deles.

— E hoje o senhor entende?

Ele não respondeu. Em vez disso, apanhou o livro que eu havia deixado sobre a mesa a seu lado e, desdobrando o mapa que havia no final, apontou para uma localidade a uns duzentos quilômetros a leste de Darwin. Não havia caminho que conduzisse até lá. Foi o que eu disse.

Ele sorriu.

— Hoje em dia há, ou melhor, há trilhas para jipes, mas também para isso tem que ser a temporada correta. Antigamente se ia a pé. Eu tinha um amigo que morava lá.

— E não mora mais?

— Não, não mora. Ele foi assassinado. Era pintor, caçador; construiu uma pista de aterrissagem com as próprias mãos, por assim dizer. Vivia lá numa pequena comunidade; pessoas que haviam regressado para a velha terra, pois dessa elas nunca se esquecem. Lugares sagrados, lugares secretos, lugares proibidos: você pode se esquecer de muita coisa, mas disso tem que se lembrar, porque, apesar de você não ver, é um mundo enfeitiçado, com plantas enfeitiçadas, animais enfeitiçados, uma paisagem repleta de chaves invisíveis. Mais que isso você não precisa saber. Foi assassinado pelo genro. Eu aparecia por lá de vez em quando, ele me contou uma porção de coisas. Eu falava com ele inclusive pelo rádio. Eu achava que eles viviam no paraíso, mas depois vi que estava enganado. Lá também não era o paraíso. Ele produzia coisas bonitas; vez ou outra, aparecia por lá uma dessas figuras do mundo das galerias para apanhar alguma encomenda; ganhou horrores de dinheiro. Não lhe dizia muita coisa o fato de que seus objetos fossem apreciados em museus americanos. Também nunca sentiu vontade de explicar detidamente a sua iconografia; era prudente o suficiente para saber que os tais desconhecidos que veriam suas peças não entenderiam, ou não poderiam entender, o significado mágico: compravam sua obra unicamente como objetos decorativos, ou como investimento. De resto, vivia do que caçava. Era um caçador e um pescador de mão cheia.

— E por que ele foi assassinado?

— Por ciúmes. Ainda vivemos no mundo real, aqui também. Você tem de ser muito forte para conseguir enfrentar todas essas modificações. Ele era, mas muitas vezes a coisa sai errado. O nosso mundo é voraz.

— E o assassino?

— Pode me passar esse mapa, por favor? Aqui, está vendo

esta superfície de um marrom infinito? Nem sombra de caminhos, em lugar nenhum. Centenas e centenas de quilômetros de vazio. Não há mais caminhos, com exceção da trilha para Nganyala Outpost, algumas centenas de quilômetros a leste. Tudo em volta é vazio, é o nada, *bush*,* terras inundáveis. Se precisar, agüentam anos. Ele tinha levado consigo a mãe idosa, que, essa sim, sabia como sobreviver num deserto desses. Onde você vê pedra, ela vê água. Basta saber ler o mundo. Raízes, animais pequenos, frutas do bosque. Seja como for, nunca foram achados. Você estava indo para onde?

— Para o Sickness Dreaming Place.

— Com um propósito definido?

— Sim.

— Hum, sei. Difícil.

Apontou para o mapa.

— Aqui. Sleisbeck Mine.

O mapa indicava *"abandoned"*.

— Oficialmente não se pode ir até lá. É que sempre foi uma região complicada. Quando Leichhardt fez, em 1845, uma expedição ao South Alligator Valley, enfrentou sérios problemas com os locais jawoyn. É terra sagrada para eles. O espírito ancestral que comanda aquele pedaço não quer ver a terra perturbada. Quem infringir essa lei sofrerá algo de terrível. A região é chamada de Sickness Dreaming Place porque se desprende dali muita radioatividade natural. Terra sagrada é uma coisa; minas de urânio, outra. A partir de 1950, começaram a extrair de lá, alternadamente, ouro, urânio, paládio e só Deus sabe o que mais. A dívida do Estado australiano de um lado; a água mineral do outro, espécies animais em vias de extinção, direitos sagrados do solo: uma mistura explosiva. Sem falar das maravilhosas pinturas rupestres. Nem Lascaux chega aos pés.

---

* Em inglês no original: arbusto. (N. T.)

Nesse momento, Almut adentrou o terraço como um redemoinho, brandindo na mão um jornal. Concedeu a Cyril um olhar discreto, a título de apresentação, e desabou numa cadeira. Almut nunca se espantava com nada, nem mesmo encontrar-me entretida numa conversa com um centenário.

— Ei, veja isso! Só para você se lembrar um pouquinho de que está num lugar diferente: "Anciãos levam aborígene à morte com seus cantos"! Juro que tentei imaginar como se faz isso. Podem-se torturar pessoas com determinados ruídos, eu sei. Com uma gota eterna caindo sempre e toda a vida num balde, disso eu já ouvi falar; dessa maneira se pode enlouquecer completamente uma pessoa. Mas cantar? Talvez seja algo parecido com o que ouvimos hoje de manhã no museu, aquele rinchar lento, quase pirei, não sei como uma pessoa pode ficar ali escutando. Até os meus joelhos vibravam, aqueles tons graves pareciam um serrote em ação.

Reproduziu o ruído de uma furadeira.

— Do que é que a sua amiga está falando? — perguntou Cyril. — Eu acho a língua de vocês linda; o problema é que não entendo nada.

Contei e ele começou a rir. Era como se Almut o visse agora pela primeira vez. Olhou-me, inquisitiva, e perguntou:

— De onde você desencavou essa figura? Eu achava que já tinham tirado esse modelo de linha; parece saído de um filme. E do que é que ele estava rindo tanto?

— "Levar à morte com cantos" — disse Cyril. — Que lindo seria se fosse possível. Mas aqui isso significa algo completamente diferente, embora, no final das contas, acabe dando na mesma. Acontece quando uma pessoa, por qualquer razão, é expulsa da comunidade. Se roubar o totem de alguém, por exemplo, ou de alguma outra maneira infringir algum tabu importante. Nesse caso, ele ou ela é repudiado ou repudiada com uma maldição, o que se dá através do canto. Ninguém do grupo pode ajudar a pessoa, da maneira que for. Isso ou morrer, dá na mesma. São essas pessoas que você vê errando pelas cidades grandes. Já não têm uma casa em nenhum lugar.

Almut não disse nada. O relato parecia tê-la desapontado. Levantou-se e disse:

— Outra ilusão que se vai. Do que é que vocês estavam falando antes de eu chegar?

— De Sleisbeck. Cyril disse que é complicado.

Almut repetiu o nome de Cyril como se já o tivesse ouvido centenas de vezes.

— Nesse caso, o Cyril também precisa dizer como nós fazemos para chegar lá.

— Impossível, segundo ele. Vale mais a pena ir para outro lugar. Ubirr. Kakadu. Nourlangie.

Fitamos juntos o mapa. A mão com a qual ele indicava os lugares parecia feita de mármore.

— E como fica o Sickness?

— Já me sinto curada.

12.

Lá está ele no terraço quando partimos, no dia seguinte. O nosso velho calhambeque japonês faz um barulho dos diabos, mas estamos animadíssimas. Almut canta meio repertório da Maria Bethânia; volta e meia passa um *road train* e nos empurra para o lado, os motoristas gritam para nós com cara risonha e fazem gestos obscenos. Estamos em outubro, já teve início *the Wet*, a temporada das chuvas, mas os verdadeiros aguaceiros só começam mais tarde. Após rodarmos quarenta quilômetros, dobramos à esquerda, na direção de Arnhem Land. Aos berros, Almut vai lançando no ar os nomes das localidades: Humpty Doo, Annaburroo, Wildman Lagoon. Quando chegamos a determinado ponto, temos duas opções: Jabiru e Ja Ja, mas não encontro os nomes no mapa, e aí a via se converte num rastro vermelho, e o rastro vermelho numa repetição interminável de si mesmo, cercado por uma mata ressecada e sepulcral.

Nós descemos do carro junto a um rio: o silêncio chia em sons inauditos. *Crocodiles frequent this Area. Keep Children and*

Dogs away from Water's Edge.* Eu olho para a superfície negra e reluzente, para a terra vermelha sob meus pés; sinais gráficos de folhas de eucalipto ressecadas como um tabuleiro tipográfico esvaziado. Praticamente não há tráfego neste caminho; estamos sozinhas em nossa nuvem de poeira, e é assim que também vemos, muito à distância, alguns gatos-pingados em nosso rastro, como nuvens, aparições. Eu estou feliz. Depois de chegarmos a Ubirr, somos obrigadas a andar por uma hora.

— Majestade — resmunga Almut.

Eu a fito a fim de descobrir o significado por trás do título, mas ela aponta ao redor de si para então me enlaçar num abraço, como se quisesse me proteger de alguma coisa, mas de quê?

— Tudo é tão velho — acaba dizendo. — Eu mesma tenho a sensação de ser incomensuravelmente velha, como se sempre tivesse estado aqui. O tempo não é nada, não dura mais que um peido. Basta que alguém sopre na nossa direção para sermos varridas do mapa; mil anos ou nenhum, acaba dando na mesma. E, se voltássemos, jamais reconheceríamos a nós mesmas. O cérebro permanece igual; o que muda é o *software*. Eu sei do que estou falando, passei um bom tempo prestando atenção nos olhos dos "abos". Você não se sente incomodada? Um milênio, dez milênios, e os mesmos olhos, a mesma paisagem. Eles encarnam a eternidade de si próprios, o que é insuportável.

Então ela ri e continua:

— Despedido por excesso de seriedade.

Ela tem razão. Tudo, pedras, árvores, blocos rochosos, tudo quer nos penetrar com sua sobrepujante antiguidade, em nenhum lugar se ouve uma voz humana que nos distraia; o brilho cinzento e maligno das pedras afasta o invasor. Não é à toa que

---

* Em inglês no original: Área freqüentada por crocodilos. Mantenham crianças e cachorros longe da margem. (N. T.)

eles consideram este solo sagrado. Um sussurrar de arbustos, um rumor de animais invisíveis. É aqui que eles viviam; debaixo desta parede rochosa que tudo domina é que vinham buscar refúgio, desenhavam e pintavam na profundidade e acima de suas cabeças os animais de que viviam; escrevo os nomes posteriormente: *barramundi*, o peixe grande; *badjalanga*, a tartaruga de pescoço espichado; *kalekale*, o peixe-gato; *budjudu*, a iguana.

— Eu vou me deitar — disse Almut —, que está me dando um torcicolo.

Deito-me ao lado dela.

— Isto deveria ser permitido também na capela Sistina — ela acrescenta, mas eu já me perdi, como se estivesse dentro de um grande vaso de cerâmica micênica. Imagens de peixes nadando riacho abaixo, o refinamento do desenho, os pequenos indivíduos brancos ao lado tão humildes, sem rosto, como se quisessem dizer que na realidade não estavam presentes. Se eu olho mais detidamente, vejo que a parede rochosa tem uma centena de cores; erosão, intempéries, mofo, o tempo — tudo se aninhou naquela pedra, acima da qual se inscreveu a imagem que, do lado de fora, viva, existia na condição de realidade, tendo de ser peneirada por alguém para voltar a existir aqui nas cores do solo, imóvel, registrada, cunhada no tempo.

Eu queria dizer alguma coisa, mas não sei como, algo sobre o que Almut acabou de falar: que o tempo tem a duração de um peido; mas essa façanha só está mesmo à altura de Almut; se eu abrir a boca, acabo soltando algum comentário entre confuso e solene. Esses desenhos têm mais de vinte mil anos, Cyril havia dito, e nesse caso não estamos falando de zeros cifrados, e sim de uma matéria, um tecido que me envolve inteira. O que eu vejo e o que eu sou pairam num mesmo *continuum* que, como um tapete mágico, abole, aniquila, invalida o tempo, convertendo-o num elemento como a água e o ar, num terreno em que poderíamos seguir por qualquer parte, e não somente circunscritos num determinado canto onde a parte que nos cabe termina.

— Ei, vá com calma! — exclama Almut. A essa altura já nos havíamos posto de pé, afastando-nos da parede rochosa e atravessando o planalto mais acima. Muito além, naquelas profundezas, se descortina uma paisagem que vai dar no fim do mundo visível. Trata-se de uma paisagem oriunda de sonho, não há lugar para imagens divinas. Mais acima paira sobre nós, calada, alguma ave de rapina, como se sua única função fosse a de vigia; mais além, outros pássaros, brancos, se encontram à deriva sobre um baixil pantanoso na região ribeirinha. Logo abaixo de nós, ao pé do penedo, as pirâmides pontiagudas de cupinzeiros, palmeiras de areia franzinas como grama, blocos de pedra de algum templo aniquilado.

— A minha intenção não era tirar sarro da sua cara — disse Almut. — Eu estou te entendendo; é que eu mesma não consigo colocar a coisa dessa maneira. Tem a ver com melancolia, mas também com triunfo.

— Sei — digo, sentindo o impulso de acrescentar que o triunfo consiste em você estar ciente, durante todo um minuto, de que é ao mesmo tempo mortal e imortal, mas me abstenho de falar. "O tempo dura um peido" é ainda mais curto e provavelmente significa a mesma coisa. A idade do lugar para onde você está indo é de sessenta milhões de anos, havia dito Cyril. Yellow Water, Alligator River, cor de cinza, seringueiras salpicadas de branco em paludes de verde-musgo, o rastro do leito de um rio morto, uma parede rochosa desprendendo sangue, em que um monstro comeu a terra. Mas chega!, nós temos que ir. Demos início a esta viagem há muito tempo, num apartamento em São Paulo. E agora chegamos ao destino final.

13.

Em quantas palavras se pode pensar sem sair do mesmo espaço? Eu viajei em pensamento e fui parar lá onde eu já estava: no silêncio. A mulher que encontrou o homem que está ao meu lado não era a mesma que havia chegado a Sydney seis meses antes. Eu deveria dizer: eu não era mais a mesma, e queria dizê-lo, mas criou-se uma distância entre mim e eu mesma que devo aprender a transpor. Almut diz: "Você está é apaixonada", mas não é verdade. É mais que isso. É desistir de uma coisa para obter outra. Eu não possuo esse homem porque ele tampouco me possui. Ele deixou isso claro desde o início, o que também tem a ver com distância. Ele é tão inacessível quanto suas pinturas. Você pode pendurá-las na parede, mas isso não significa que você as possua: elas nunca serão suas, por virem de um lugar cujo acesso não lhe é franqueado. A questão não é que eu não caiba no mundo dele, que ele nunca me levará à sua terra natal, que ele, sabe lá Deus por quê, sinta vergonha de mim e que ele, seja como for, *não queira* me mostrar às pessoas com as quais convive. Também não importa que ele, na verdade, me tenha levado consigo numa certa condição de turista até um lugar em que a vida dos aborígenes é encenada como num teatro, com todos os seus atributos de *bushtucker* e *didgeridoo*, fogueiras de acampamento e danças desajeitadas que não se parecem em nada com o que eu vi no museu em Darwin. Dessa maneira ele me subestima, e nem podemos falar sobre isso pela simples razão de que ele não fala. Mas pouco importa. É possível que ele tenha tentado me explicitar alguma coisa, algo que prefiro não saber. Porém, quando chega a noite, e com ela o fim de toda essa baboseira, nos encontramos a sós com o silêncio, a sós com um número infinitamente pequeno de palavras; nunca imaginei que pudessem ser tão parcas. Mas para mim tudo bem. Ou será que não? Será que isto existe, pornografia sem porno? Exclusivamente como idéia na nossa cabeça, sem representações gráficas? Pura pornografia do espírito, de uma situação na qual cada gesto, carícia, beijo e orgasmo se converte em algo distinto, obsceno e perverso? Reflito enquanto permaneço deitada, à espera de que ele volte a proferir alguma de suas parcas palavras, a tocar-me para que eu me esqueça mais uma vez sobre o que reflito.

Um dia Almut disse algo sobre "O seu selvagem nobre". Foi a primeira vez em anos que me enfureci de verdade com ela. Não pela ofensa, mas pela incompreensão. Ela sempre havia compreendido o que se passava dentro de mim, e de repente eu a perdia. Não tem nada a ver com estado amoroso; é muito mais grave, mais obsceno, mais perverso. Se se tratasse de amor, eu deveria dizer que me apaixonei por uma montanha rochosa ou por um pedaço de deserto. Tudo começou com aquela famigerada pintura. Eu havia me postado diante dela, perdida. Ela não tinha nada em comum com o que eu vira durante a viagem. Nada de representações figuradas nem seres invisíveis, os quais, apesar da sua aparente estranheza, permaneciam reconhecíveis. Falo de um negrume insondável, provocativo, trespassado por uma forma de luz, paradoxo que me aspirava para o interior dessa escuridão, exatamente a mesma coisa que logo depois aconteceu entre mim e ele. Porém, apesar de tantas palavras, não chego nem perto do cerne da questão. Vista de fora, a pintura deveria ter uma aparência bastante banal. Num *vernissage*, eu costumo ficar um bom tempo diante de um quadro, desligo de tudo em volta, das vozes, das pessoas; lembro da expressão proibida "como uma nuvem negra"; quero permanecer insciente de tudo aquilo, de toda a violência, do medo e do horror, e me sinto puxada para dentro da tal nuvem, como se não tivéssemos feito uma viagem para e por um país com o qual já vínhamos sonhando havia anos, um tipo de sonho infantil, mas exclusivamente uma viagem à pintura, como algum tipo de exorcismo, que só se pode realizar quando nos deixamos sorver para dentro do próprio tabu. Lágrimas me escorrem pelo rosto, mas permaneço de costas para todo mundo. Para os outros nada disso é visível. O que eles conseguem ver, se é que vêem, é o proprietário da galeria se aproximar de mim e dizer:

— Esta pintura parece interessá-la muito. — Mas então ele vê minhas lágrimas e bate em retirada, dizendo: — Eu gostaria de apresentá-la ao artista.

Só muito depois reaparece com o próprio, num momento em que minhas lágrimas já haviam secado fazia tempo, mas que logo ameaçaram brotar de novo quando o vi diante de mim: o próprio retrato da pintura. O cerne da questão é a dor da cura, isso eu já entendi. Não conto nada a ninguém, nem mesmo a Almut. E tampouco espero quem quer que seja, já me entreguei irremediavelmente. O dono da galeria deve ter dito alguma coisa a ele, porque se postou diante de mim calado, arisco ou apenas infinitamente longínquo; não sei, ainda não entendi. Por alguns momentos, penso que ele nem mesmo me vê e que eu, quando me toca ou quando transamos, lhe sou invisível: um indivíduo sem alma, uma forma, um contorno, e assim é, como se o que fizéssemos não tivesse substância, como se sua partida anunciada se houvesse infiltrado em tudo, no seu calar tão prolongado, nos seus silêncios, na sua recusa em me enxergar enquanto eu grito a fim de ser vista, na certeza de que isso não vai acontecer e de que eu já o havia entendido desde o primeiro momento em que vi o quadro.

Não há muito mais o que contar. A semana que ele me deu chegou ao fim. O dono da galeria, que ao fim da noite estava bêbado, disse:

— Eu estou só emprestando, tome cuidado e, o mais importante, não tente falar com ele sobre suas pinturas, pois isso o aborrece: é difícil demais de explicar. Tabu, segredo, totem, é preferível ficarmos do lado de fora de todo esse mundo.

Ele nos deu a chave de sua pequena casa em Port Wilunga, à beira-mar. No primeiro dia, fizemos um passeio interminável; era maré cheia e eu tive a sensação de que o barulho da ressaca se dirigia a mim, como para remediar o silêncio ao meu redor. Vez ou outra ele apontava para um pássaro, proferia algum nome. Mais ele não dizia. Somente aquela advertência inicial, proferida sem me olhar nos olhos, como se se tratasse da *Declaration of Independence*, de que precisaria partir dali a uma semana para voltar "ao seu mob", sem nem mesmo me dizer em que parte da Austrália isso ficava. Andamos até o escurecer. Em seguida, fomos para a cabana, que ele já conhecia. Ele já havia estado ali, era evidente. Com outras, o que era igualmente evidente. Não acendeu a luz, pousou uma mão espalmada sobre minha nuca. Um toque bastante leve, mas pude sentir como eram fortes aqueles dedos. Inimaginável nos sentirmos soerguidas apenas pelo roçar de alguém. O que se seguiu foi uma espécie de acalentar infinito, não saberia dizer de outra maneira. Contribuía o barulho da ressaca lá fora, aqueles inchar e encolher constantes em que me vi absorta até sentir que me liquefazia, desmanchando-me até não mais precisar existir. Quando despertei na manhã seguinte, ele havia saído. Vi-o pela janela, sentado sob o primeiro raio de sol matutino, uma silhueta escura sobre a areia, imóvel como pedra; então eu soube. Havia trocado uma lembrança por outra, uma que me traria tão pouca serenidade como a anterior. Eu existia na cabeça de alguém sem saber que papel eu desempenhava ali. No passado, eu teria achado esse pensamento insuportável, mas agora não me importava mais. Agora eu já sabia quem eu era. Certa vez, obedecendo a um estranho impulso, perguntei à minha mãe no que gostaria de pensar no momento em que estivesse morrendo. Ela não respondeu, apenas sacudiu a cabeça. Há coisas sobre as quais não se fala, dissera ao final.

— Nem mesmo com uma filha? — perguntei.

— Principalmente com uma filha — respondeu ela.

Depois daqueles dias em Port Wilunga, viemos parar neste lugar estranho, uma reserva natural em que se brinca de aborígenes. Soa horrível, mas é exatamente assim. Por que ele fez isso, não sei. Seja como for, agora sei como nutrir-me do deserto e como, no silêncio absoluto, converter a mim mesma em silêncio. Minha vinda não surpreendeu ninguém; talvez ele já tenha vindo outras vezes com alguém. Eu me mantive afastada de toda aquela baboseira bem-intencionada e me exercitei em ausência; é algo que eu sei fazer bem. Ali não era o seu mob e todos falavam com ele em inglês, ou seja, aquela tampouco era a sua língua. Mas que eu o vi sorrir, isso eu vi, ainda que o sorriso não fosse endereçado a mim. É possível que eu tenha querido lhe dizer o que me havia acontecido naquela semana, mas a minha nuvem negra jamais poderia ser a dele; eu a levaria comigo para o resto dos meus dias, como se uma nuvem pudesse abolir a outra. É o que veremos. É nossa última noite, passo a mão sobre o solo de terra ao nosso lado. Eu o sinto duro e seco, uma terra transformada em papel. Tudo é diferente do país de onde eu venho. Do lado de fora, as primeiras luzes. Elas jorram sobre o mundo com uma violência quase insuportável. Mínio. Sangue. Viro a cabeça para olhá-lo. Continua dormindo. Também ele é uma forma. Gostaria de soerguê-lo para bater asas com ele mundo afora, sobre o imenso vazio deste país, até chegar ao lugar natal a que ele pertence, mas não eu.

14.

— Vocês pelo menos deram algumas risadas? — perguntou Almut.

Eu sabia que mais cedo ou mais tarde ela faria essa pergunta. Também sabia que ela estava brava, indignada. Se não se ri é porque alguma coisa não encaixa. Pelo menos para ela. Eu havia voltado de Adelaide sozinha. Ainda tínhamos o casebre de Port Wilunga à nossa disposição para uma noite, e ela fez questão de conhecê-lo. A mesma praia, o mesmo oceano, os mesmos pássaros, cujos nomes agora eu sabia. Estávamos num pequeno restaurante, cravado no alto de uma duna, que se chamava Star of Greece porque um navio grego havia naufragado aqui. Outra vez maré alta; a ressaca ainda tinha muito o que contar. Eu não. Sabia que Almut esperava alguma coisa: o nosso relacionamento sempre havia sido assim, não tínhamos segredos uma para outra. Mas eu também sabia que não poderia dizer nada, não por enquanto.

— O que você fez esta semana? — acabei perguntando.

— Eu? Soltei a franga. Satisfeita? Brincadeira, eu estava é pensando no que fazer daqui em diante. Não sabia se você voltaria.

— Mas eu não disse que voltaria em uma semana?

— Pois é, mas a cara feia que você fez poderia significar precisamente o contrário. Que você não quisesse voltar mais. Dei de ombros, mas ela começou a ficar irritada. Eu sabia que não havia outra opção a não ser deixar primeiro que aquela intempérie desabasse sobre mim.

— Por que você simplesmente não admite que temos um assunto a tratar? Para começar, nosso dinheiro acabou, mas isso nem é o principal. Eu não tive notícias de você, e não estou acostumada com isso. Fiquei preocupada. Não porque esse sujeito se recusou a me ver; se você quer saber a minha opinião, ele também não olharia duas vezes para você. Eu acho as pinturas dele magníficas, principalmente aquela pela qual você é louca. Não me lembro do nome, mas, se você inscrevesse na margem inferior "Portal do Inferno", provavelmente não estaria muito longe do título original. Não me espanta que esse sujeito não ria nunca. Aliás, eu nunca vi eles rirem.

— Eles...?

— O.k., desculpe. Uma noite em Alice Springs, enquanto você dormia, eu me aventurei pelas ruas e fui parar um pouco longe demais, nunca lhe contei isso.

— E o que foi que aconteceu?

— Nada. De repente dei de cara com três desses sujeitos, eles não falaram nada, eu não falei nada. O vento já trazia de longe o fedor de cerveja deles. E foi isso. Ficaram me observando até eu dar meia-volta. Isso é tudo.

Fez uma pausa antes de prosseguir:

— Terrivelmente triste.

— A mesma tristeza que se pode ver em São Paulo.

— Não, a mesma não. Pra começo de conversa, lá se ri muitíssimo, por mais miséria que haja. Os nossos escravos vieram da África. Eles pelo menos sabiam dançar. Mas dançar de verdade. Você consegue imaginar uma escola de samba aqui? Mas não é exatamente isso que eu quero dizer. Tanta desesperança. Você deve conhecer aquela frase do Groucho Marx: "De repente estávamos à beira do abismo, mas demos um passo adiante". Nem mesmo isso conseguiram aqui. Eles os afastaram da beira do abismo, mas a metade do que se vê por aqui é encenação.

— O que é encenação?

— Tudo. Antigamente eles faziam as suas pinturas na areia ou no próprio corpo. Elas significavam algo no passado, mas então foram desaparecendo no decorrer dos anos. O vento soprava e apagava o desenho. Não se vendia nada. Como eu faço para saber que não estão me enganando quando compro um pedaço de casca de árvore pintado, antigamente destinado a acompanhar um morto no além-túmulo? Quantos objetos desses uma pessoa pode fabricar? E como são vendidos? Será que eles ficam escondidos num arbusto com seus objetos misteriosos, esperando que alguém de alguma galeria irrompa pelo *airstrip* numa Piper Cup com uma mala cheia de grana?

— Você está decepcionada.

— Pode ser. Mas talvez eu também tenha razão.

— Pelo fato de o nosso sonho de criança tão acalentado não corresponder à realidade? Na semana passada, ainda em Ubirr, você estava praticamente em êxtase. Ou será que se esqueceu?

— Esquecer eu não esqueci. É apenas a sensação de que tudo está condenado à morte, seja como for. E quando eu vi você desaparecer...

— Eu não desapareci.

— Eu sei, mas é que você parecia tão terrivelmente infeliz...

— Eu não estava infeliz. Eu estava... num outro lugar. Estava tentando descobrir algo.

78

Almut pôs a mão em meu braço.

— Não vou perguntar mais nada. Desculpe. Mas pelo menos me deixe rir um pouco. Quero ouvir de você alguma palavra que me faça rir. Depois disso eu vou lhe contar uma coisa. Recebemos uma proposta de trabalho que talvez faça você rir, pelo menos é o que eu espero. Mas primeiro eu quero ouvir uma palavra.

— *Maku*.

— Maku — repetiu ela. — E quando eu começo a rir?

— Quando souber o que significa.

— Diga uma frase com ela.

— Eu comi um maku delicioso no deserto. *Wichetty grubs*, larvas de traças e de besouros. Eles são encontrados perto das árvores mulgas. Além das *tjara*, formigas de pote de mel. Depois que chove, é só cavar debaixo de uma mulga que elas aparecem. Elas incham e ficam do tamanho de uma bola de gude. Quase estouram de tão cheias que estão dessa substância amarelada e de um gosto doce esquisito, que na verdade se destina às formigas operárias, que visitam as outras para chupar a substância. Como você vê, aprendi um montão de coisas. Você já pode me mandar para o deserto, que eu me viro. E sobre a tal proposta de trabalho?

— É lá em Perth. Bem longe daqui, mas acho que o nosso calhambeque agüenta a parada. Está acontecendo um festival literário com várias apresentações teatrais. Estão à procura de anjos, de figurantes que façam o papel de anjo.

— Numa peça teatral?

— Não. Não sei se entendi direito, mas, pelo que me disseram, durante o festival um monte de anjos vai estar escondido pela cidade, ao longo de um determinado percurso, e as pessoas têm que encontrá-los.

— E a gente faz o quê?

— Nada. Eles nos dão um par de asas e durante uma semana nos mandam todos os dias para algum lugar escondido: uma igreja, o terreno de alguma casa demolida, um banco, e aí nós ficamos lá o dia inteiro, esperando que nos encontrem. Tem a ver com o *Paradise Lost*.

— Não li. Ou talvez tenha lido na escola, não me pergunte mais nada. Só sei que tem um anjo com uma espada em chamas que expulsa Adão e Eva do Paraíso.

— Ah, claro, e o maldito Satã: uma primeira parte interminável sobre o ódio de Satã a Deus. E depois aquela história da Eva decidindo comer a maçã. Uma tristeza só, mas não sei direito como foi.

— E eu menos ainda. E depois que as pessoas nos encontram?

— Estão proibidas de falar com a gente. Ou melhor, falar elas podem, a gente é que não pode responder. Nem se mexer. Mas pagam bem.

— Como você ficou sabendo desse trabalho?

— Num anúncio no jornal de teatro do pedaço. Eu liguei. Vai haver uns testes. Você eu acho que eles pegam. Comigo vai ser um pouco mais difícil.

Almut apontou para os seios.

— Você já viu anjo com tetas?

15.

E assim eu virei anjo. Não foi difícil. A diretora logo me escolheu.

— O importante é você ficar deitada sem se mexer — havia dito.

E para o assistente:

— Essa é tão pequena que eu acho que cabe no armário daquele edifício na William Street, perto da Gledden Arcade, anote aí.

E para mim:

— Você acha que consegue ficar deitada imóvel sem problemas? Porque é só isso.

Eu disse que por mim não havia problema. Eu tinha material suficiente para reflexão. Carta verde para Almut também. Ela havia disfarçado os seios ao máximo, mas à toa.

— Essa aí nós metemos em cima do His Majesty's Theatre, em frente ao Wilson's Car Park. Tem cara de quem agüenta segurar uma espada no ar por umas duas horinhas.

Ontem foi o primeiro dia. À noite, Almut estava moída de cansaço.

— Eu até posso ficar o dia inteiro naquele maldito sol, mas que eu tenho uma vista fantástica, isso eu tenho. A única coisa que eu não vejo é gente, óbvio. E você?

— Eu também não vejo.

Não vejo mas ouço. Ouço quando sobem as escadas. Ficam parados alguns segundos e depois me vêem: eu pressinto esse momento, é sempre meio esquisito porque só pode passar uma pessoa de cada vez; cada uma tem que fazer a sua jornada sozinha. Eu tento descobrir pelos ruídos se é homem ou mulher, mas sem me virar. Fico deitada no fundo do armário com a cara voltada para a parede. Se entra alguém, tento segurar a respiração o máximo que posso; o problema é que no final você acaba ficando toda dura e aparece uma dor horrorosa no lugar onde estão amarradas as asas. Graças a Deus eu sempre ouço quando alguém sobe as escadas. Enquanto não ouço, mexo um pouco as omoplatas, senão eu enlouqueceria. Outra coisa ruim são as pessoas que ficam paradas ali por muito tempo, torcendo para que você não agüente e vire o pescoço. Homens, sabe como é. Então eu me concentro em todas as minhas anunciações, a postura, a posição das asas. E penso nele, em nós dois deitados no deserto, sobre a terra. Uma pena que naquela época eu ainda não tivesse as minhas asas. Eu gostaria de saber se ele pensa em mim, e onde está. Eu sonho então um pouquinho sobre o que ele diria quando entrasse por aquela porta, se eu reconheceria seus passos para, infringindo todos os mandamentos, virar a cabeça, mas isso tudo é uma grande bobagem, claro. Nesse meio-tempo eu descobri onde fica o seu mob pelo estilo das pinceladas; não foi difícil, é todo um grupo de aparentados que trabalha da mesma maneira. Eu também vi pinturas dos outros aqui no museu local, os quais eu gostaria de ter conhecido e que ele tinha escondido de mim ou o contrário, porque foi a mim, naturalmente, que ele escondeu. E é sonhando acordada com tudo isso que eu passo as horas. A parede do armário onde eu fico deitada não tem mais nenhum segredo para mim: eu conheço cada frincha, cada arranhão, cada aspereza dela. Meus pensamentos divagam sobre a sua superfície como um andarilho numa paisagem deserta. Quando não tem ninguém por perto, eu canto baixinho. No final você acaba num tipo de transe, ou então sonha que pode voar. O mais idiota de tudo é o ônibus que vem nos buscar à noite, um ônibus cheio de anjos, um pandemônio só. Cocaína, calmantes, problemas matemáticos, cada qual com seu método de sobrevivência. Todo mundo exausto e cheio de histórias para contar. O mais difícil ainda é para quem vê gente, porque as pessoas dizem as coisas mais absurdas que você possa imaginar: declarações de amor, grosserias, obscenidades. As pessoas sabem que a gente não pode revidar, o que parece atiçar algumas ao ponto da loucura.

Almut e eu não voltamos a falar sobre aquela semana em que estive fora. Aqueles dias estão guardados dentro de mim. Às vezes me pergunto como continuar, se ficaremos ou não neste país por muito mais tempo. Sei que Almut, na verdade, quer voltar para casa, mas eu ainda não estou pronta. O que eu queria mesmo era me enfiar no deserto, só que não tinha coragem de dizer isso a ela. De noite, no hotel, num momento em que ela ainda estava no bar, desembrulho a pintura e a coloco sobre a mesa, contra a parede. Apresso-me em me sentar diante dela, como uma freira em meditação. Começa a funcionar ao cabo de alguns minutos: sinto um desejo que não consigo expressar com palavras, mas que, eu sei, fará parte de mim para sempre. Ainda não quero dizer nada a Almut — e nem sei se isto é algo que se possa decidir —, mas acho que passarei meus dias perambulando, a fim de transformar o mundo no meu deserto. Tenho material suficiente para reflexão, para toda uma vida. Larvas e formigas de pote de mel, assim como frutos do bosque e raízes, existem em todo lugar, e eu já sei como encontrá-los. Hei de sobreviver.

II

1.

Tudo de que precisamos é de uma cidade à beira-mar, um mês de janeiro, um dia úmido de degelo, uma estação de trens. Das cores, a melhor é o cinza, um sol oculto guardando seu calor para o outro lado do mundo e para as histórias que se escrevem por lá. Treze plataformas, algumas mais concorridas que outras. A varinha mágica da nossa profissão aponta agora para uma direção mais clara, nos puxa e empurra para um grupo desgarrado de viajantes, figurantes e extras que não se conhecem. Eles não têm papel para interpretar hoje, embora isso sempre seja imprevisível, porque, afinal de contas, não somos os únicos a ter essa ocupação. É possível que eles sejam o elenco de um outro roteiro. Aquele de jaqueta marrom, não; aquela moça com a criança pequena, não; os três soldados também não; o outro sujeito, o de chapéu estranho, é velho demais. A coisa começa a ficar enrolada. Mas já está tarde; o trem já deveria ter chegado. Encontramos: é aquele homem ali no fundo, em cuja testa está escrito "Bávaro", com o *Bildzeitung* aberto diante de si; é dele que precisamos, é ele sem tirar nem pôr, um penteado de não muitos cabelos desmanchados pelo vento, olhos lacrimosos de frio. Não, aquele ali atrás não, ele não serve. Você está olhando para o lado errado: quem a gente está procurando é aquele ali, aquele cara que já consultou a hora duas vezes no relógio de pulso, não tem como você não ver. Sapatos de camurça ingleses levemente desbotados, calça de algodão dessas de uma cor militar indefinida, o sobretudo de lã cinza, cachecol vermelho de cachemira, isso sim. Há uma ou outra incongruência na fabricação do tecido, tanto de cor como de idade. Uma pitada de artista, de capitão fora da ativa, um homem planejando ir a Laren assistir ao campeonato de hóquei da filha. É assim que todas aquelas peças de roupa tentam se auto-excluir, como se seu portador não soubesse ao certo o que ele queria afinal de contas ser, havendo tentado camuflar essa insegurança com o vermelho provocante do cachecol. Só falta nos aproximarmos. É bem possível que algumas mulheres o achem atraente, ainda que não se encontre em seus melhores dias. Ele vira a cabeça como se, apesar das evidências, alguém ainda pudesse chegar, mas ele pode ir tirando o cavalinho da chuva. O trem acaba de deixar Haarlem para trás, de maneira que é melhor ir começando. Não é fácil ter de entremear tantas vidas, ainda que por tão pouco tempo. Trata-se de elementos que, como na química, se atraem ou se repelem. Afinal, a preparação de vidas é um processo demorado. Exatamente como na culinária. É, nisto lhe dou razão: não há ninguém aqui para cozinhar, a não ser que você chame a própria vida de cozinheira, no que você não deixa de estar certo. Seja como for, a química que se pede aqui não é simples. O tempo de preparação varia, os fornos estão espalhados por diversos pontos do mundo, o resultado é incerto. A metáfora já viveu a maior parte dos seus dias, só resta mais este. A vida, se insistirmos mais um pouco nessa abstração tola, é uma cozinheira desastrosa. Costuma fazer as pessoas padecerem, algo de que às vezes, ainda que com pouca freqüência, a literatura se aproveita. É o que veremos.

2.

Erik Zondag não sabia exatamente em que disposição de espírito se encontrava quando embarcou no trem com destino à Áustria. E isso não era de se estranhar. Fazia frio, ele não se sentia bem, não sabia o que o aguardava; sabia apenas que estava indo submeter-se ao tratamento que seu amigo Arnold Pessers lhe havia recomendado. Arnold, assim como o próprio Erik Zondag, havia aterrissado naquelas paragens desprovidas de fronteiras definidas, descritas pelos poetas como uma sombria floresta e pelos médicos como a metade da vida, uma denominação incoerente, sobretudo quando se pára para pensar que não conhecemos a data de nossa morte. Se ela chegasse sem avisar, mais cedo do que as estatísticas haviam feito crer, então era porque, para algumas pessoas, a metade da vida já tinha sido ultrapassada havia muito tempo. Esse pensamento ensombreceu Erik Zondag ainda mais. O trem estava atrasado. Pelas vidraças sujas da cobertura da Estação Central, viu como as rajadas de vento fustigavam o IJ com flocos de neve derretida. Era uma sexta-feira, cedo demais para comprar o jornal para o qual ele agora escrevia como crítico, de maneira que tampouco poderia ler o artigo em que havia criticado ferozmente o último romance de um dos expoentes da literatura nacional. Alguns escritores envelheciam de um modo ruim, com o tempo acabavam-se conhecendo todas as suas obsessões e os seus maneirismos: morria-se muito pouco na literatura holandesa. Reve, Mulisch, Claus, Wolkers, todos haviam escrito na época em que ele ainda estava no berço e, pelo andar da carruagem, nem sonhavam em parar de escrever. Na sua opinião, eles concebiam a idéia da imortalidade um pouco literalmente demais. Sua namorada Anja, que trabalhava na editoria de arte do jornal concorrente, o havia censurado, afirmando que sua crítica tinha sido injusta.

— O que acontece é que você está morrendo de ódio por ter de viajar amanhã.

— Uma coisa não tem nada a ver com a outra. Eu conheço esse tipo de gente desde que nasci; tenho a impressão de que eu próprio poderia escrever esses livros que eles escrevem.

— Vá em frente. Vamos ver se você consegue ganhar mesmo dinheiro de verdade.

Anja era dezoito anos mais nova que ele, fato um tanto imperdoável. Viviam juntos havia quatro anos, se é que se pode chamar de viver juntos aquele estilo de vida, pois ambos continuavam vivendo cada qual em sua casa, ela na região norte de Amsterdã, ele em Oud-Zuid, o que dificultava um pouco o dia-a-dia. Ela achava a decoração da casa dele parecida com um cesto de cachorro, "de um cachorro bem velho", e ele achava que o apartamento dela no oitavo andar com vista para o pôlder mais parecia um laboratório. Branco, nu, asséptico, na opinião dele. Não exatamente um lugar onde se gostaria de passar a noite só pelo prazer de estar lá; entre a caminha de cachorro dele e o laboratório dela, melhor o primeiro como cenário das práticas às quais eles se dedicavam quando estavam juntos. O problema é que Anja discordava. Aliás, pensando bem, cada vez mais ela discordava de tudo. A conversa que haviam tido no dia anterior sobre a crítica literária dele também havia acabado mal.

— Se você quer saber o que eu acho, você está é com inveja do homem.

— Inveja daquele vaidoso petulante?

— Petulante, sim. Mas que ele sabe escrever, isso sabe.

— Estranho, porque vocês também já fizeram uma crítica feroz a ele no passado.

— Pode ser, mas pelo menos era uma crítica bastante matizada. No seu caso é pura desmoralização.

Depois disso, não havia mais lugar para uma noite de amor. Os autores holandeses têm uma grande responsabilidade.

— Está mais que na hora de você iniciar o tratamento — foi a conclusão de Anja naquela manhã. — Você não está de bem com a vida!

Nisso ela tinha razão. Um homem com a barba por fazer quase entrando na casa dos cinqüenta e tendo diante de si o panorama de infinita tristeza do pôlder às sete e meia de uma manhã de janeiro admite essas coisas, sobretudo se o rádio acaba de anunciar que outros dois palestinos foram mortos a tiros na Faixa de Gaza, que as ações da Bolsa parecem, agora sim, ter despencado desastrosamente e que as negociações para a formação do próximo governo foram suspensas.

— Pois não estou com a menor vontade de fazer esse tratamento. É ridículo pagar tanto dinheiro só para ficar uma semana sem comer.

— Se você for com essa mentalidade, não vai adiantar nada. Nem que seja só para perder esses quilinhos de que você vive reclamando. O Arnold disse que voltou de lá um novo homem.

— É isso o que você quer?

— O quê?

— Um novo homem? Você realmente acha que nesta idade eu ainda posso me tornar um novo homem? Acontece que eu já estou um pouquinho acostumado com este aqui.

— Você talvez. Às vezes você me deprime bastante, sabia? Espero que não se chateie, mas vou dizer: você bebe demais!

Ele não disse nada. No cruzamento, bem abaixo de onde ele estava, um furgão branco havia acertado uma Honda azul-claro com precisão matemática.

— Saiba que, na minha opinião, o Arnold melhorou bastante. E ele continua sem beber uma gota de álcool.

— E resmungando também, só que agora do que ele não pode mais comer.

Decididamente, a conversa não havia transcorrido bem. Erik consulta o seu relógio bem no instante em que anunciam que a chegada do trem ainda sofreria alguns minutos de atraso. Ele já nem sabia mais por que havia pensado em pegar aquele trem. Teria que fazer baldeação em Duisburg e de lá tomar outro para Insbruck. Alguma coisa na palavra "Duisburg" o atraíra. Tinha antevisto um panorama cinzento à frente, uma cidade alemã cujo cheiro de guerra ainda se sentia de longe, uma forma de *Verelendung** adequada ao seu atual estado de espírito.

---

* Em alemão no original: depauperamento. (N. T.)

3.

Não deu outra. Em Duisburg fazia tanto frio quanto em Amsterdã. As ameaças de guerra que vira no *Bildzeitung*, nas mãos de um companheiro de viagem fortuito na plataforma, agora explodiam aqui em todos os quiosques de jornais, em manchetes vermelhas e negras. Ele deambulava, perdido, sabendo que não fora outra se não essa sua intenção secreta. Por que tinha de acabar descobrindo tudo sempre tão tarde? Ele havia ligado para Anja, mas não deixou recado quando a secretária eletrônica entrou. O trem alemão havia partido na hora; ele tinha afundado na sua pequena cama de solteiro, só despertando de vez em quando com vozes metálicas sobre plataformas desertas e com o chamado lamuriante do trem, que ele não achava de todo desagradável. Adorava viajar de trem. Sua cama balançava levemente, o baterista invisível embaixo dele percutia sobre os trilhos um ritmo fantástico. Foi só antes de pegar no sono que se sentiu relativamente feliz pela primeira vez naquele dia. Já nem atinava a razão pela qual havia se deixado estupidamente convencer a empreender aquela aventura insana. O fato é que Arnold Pessers fora bastante convincente, tendo-lhe feito, por horas a fio, uma lavagem cerebral sobre como ele próprio havia se sentido leve ao sair de lá. Pensando bem, foi naquela época que Arnold Pessers começou a ficar um pouco aborrecido. Tinham aproximadamente a mesma idade e um conhecia bem a história do outro. Fazia algum tempo, Arnold vivera um grande e infeliz amor no Japão, com uma modelo que ele conheceu enquanto trabalhava lá como fotógrafo. O caso acabou mal, como já era previsível. Um histórico de relacionamentos conturbados é um arsenal e tanto para dramalhões televisivos, mas na vida real não passa de um contratempo. Os amigos cansaram-se de acudi-lo, foram anos de um alcoolismo desenfreado, até que o fotógrafo conseguiu sair sozinho do atoleiro em que havia se metido. Um mistério: por que todo mundo sempre volta a cometer os mesmos erros? Erik estremeceu. Parar de beber, isso lhe afigurava de certo modo como a pior coisa na face da Terra; ele não conseguia se lembrar de um só dia em que não houvesse bebido pelo menos dois copos. Em termos médicos, isso fazia dele um alcoólatra, mas Erik nunca ficava bêbado; aliás, nunca tivera uma ressaca, e em todos os *checkups* que fez os resultados foram satisfatórios. "Sei, sei", havia dito Arnold, "mas e o preço que você terá que pagar mais cedo ou mais tarde?" Começou então a falar outra vez da sua nova vida, do seu fantástico e regenerado fígado, das camadas de gordura que havia perdido, da energia recuperada e do regime, que consistia num certo número de regras monásticas incompreensíveis para Erik, em que uma coisa não podia ser ingerida junto com outra, em que era proibido comer salada à noite, em que uma fruta após o jantar era um pecado mortal ("vai apodrecer no seu estômago"); fumar, nem pensar; destilados, só em caso de suicídio; vinho, mais como instrumento medicinal que de prazer. Nada mais que uma ou duas taças, meu Deus, ele morreria de tédio. Mas era inegável que Arnold tinha perdido uns bons quilos.

Ele despertou por volta das sete. A coisa começava a ficar séria, só mais uma hora para chegar. Aldeias, montanhas, névoa, casas com luzes já acesas, pessoas se movimentando por trás das janelas. Em Innsbruck ele deixou a bagagem num depósito. Arnold havia dito que tomasse o trenzinho azul a Igls, mas ele não tinha pressa. Queria antes dar um passeio. Procurar o Café Zentral. O mesmo que Arnold recomendara. Diziam ser um café austríaco lindo, em estilo antigo, um dos lugares em que Thomas Bernhard gostava de ler seu jornal. Erik Zondag gostava de Thomas Bernhard não só porque, desde Hermans, não tinha aparecido ninguém na literatura neerlandesa que soubesse praguejar de maneira tão brilhante, mas sobretudo, como no caso de Hermans, porque a tal cólera tinha a ver acima de tudo com um amor amargo e frustrado. Ele admirava especialmente o estilo desse saber-praguejar: a cólera coerciva, apaixonada e retórica com aquele ingrediente secreto e, na maior parte das vezes, invisível que era a compaixão, com a qual o autor austríaco havia escrito sobre o meio em que vivia, a pátria e a própria vida, uma "vida dedicada à morte", de acordo com suas próprias palavras.

Erik se pôs a ler o *Standard* no café, um jornal cujas folhas laranja-claro lhe davam um aspecto amarelado antes mesmo de ser tocado, o que — no contexto das notícias internacionais, sobre Iraque, Israel, Zimbábue — despertava em Erik uma sensação de anacronismo que combinava às mil maravilhas com o mobiliário e o burburinho abafado do lugar, um zumbido de Europa Central tão deliciosamente propício às reflexões de indivíduos como Kafka, Schnitzler, Karl Kraus e Heimito von Doderer. Quem sabe a Áustria não se deixou ficar propositalmente para trás pelo fato de o mundo estar caminhando rápido demais. Pediu outro café.

96

O rei das delongas, foi disso que Anja o apelidou.

— Sabe o que você faz? Traça um círculo com o maior diâmetro possível em torno da sua mesa de trabalho e depois leva horas até conseguir chegar perto do computador. Como se alguma coisa ainda pudesse acontecer para dispensá-lo da tarefa.

— Nesse meio-tempo eu estou refletindo.

— Isso, isso mesmo. Refletindo sobre a melhor maneira de puxar o tapete de algum escritor.

Não era verdade, mas como explicar? A maioria dos livros publicados deixava muito a desejar. Um novo escritor parecia surgir a cada dia; entretanto, quando se olhava para trás, para o início do século xx, quantos escritores de fato tinham se mantido em evidência? Havia tanta, mas tanta porcaria já coberta de mofo, e seus nomes ainda constavam na lista dos mais vendidos!

— Você é rigoroso demais — havia dito ela pouco antes de ele ir embora, uma compaixão transparecendo em seu tom de voz, ou quem sabe um mal disfarçado amor maternal. — Eu quero que você me prometa uma coisa: que, se você for para essa clínica, vai se afastar disso tudo. Se você achar que, apesar dos pesares, não valeu a pena, então não esquente a cabeça. Pense na sua pressão arterial. Você já não é um menino de doze anos.

Nos últimos tempos, essa frase voltava com mais freqüência do que deveria à cabeça de Erik. Aliás, por que doze, e não vinte e quatro ou trinta e dois anos, idades que ele também já havia ultrapassado, era algo que não entendia: possivelmente porque doze parecesse a ela um remotíssimo passado. E era verdade que ele sofria de pressão alta. Além de artrite e de uma ou outra dessas doenças mesquinhas que podem transformar desagradavelmente a vida de um quarentão quase cinqüentão, presságio de males ainda maiores à espreita. Ele já havia flagrado a si próprio calculando a média de idade dos falecimentos na seção de óbitos. A coisa ia bem quando se verificava um surto de salmonela num asilo de idosos, mas desandava quando três adolescentes bêbados ou cheirados, num irrefreável impulso mortífero, saíam de uma discoteca com o firme propósito de entrar para a eternidade batendo o carro contra um muro. Mas ele precisava afastar de si tais pensamentos. "Senão, seria o mesmo que jogar dinheiro na água." E o tratamento custava os olhos da cara. Principalmente porque não ofereciam quase nada para comer, como havia dito Arnold.

4.

O pequeno trem azul não era senão um bonde que passava apenas de hora em hora. Em poucos minutos já tinha deixado Innsbruck e agora atravessava um bosque enevoado. "Fuligem branca, penas cortadas", havia escrito o poeta Constantijn Huygens sobre a neve, verso que Erik Zondag agora repetia a si mesmo. Nunca se havia dito algo tão bonito sobre a neve. Os holandeses, sempre prontos a reconhecer a grandeza de um Shakespeare ou de um Racine, não sabiam citar um só verso de Brederode, Hooft ou Huygens. Alguns versos de Cats e Vondel e um de Gorter haviam entrado para a língua, além de "Oh, terra de adubo e névoas!", mas acabava aí o conhecimento dos clássicos nacionais.

A neve cintilava em seus olhos. A capa cinzenta que o envolvera no momento da partida escorregava de seus ombros. Árvores, casas, campos, tudo enterrado sob as penas cortadas. Fora um dos três passageiros a desembarcar na pequena estação de Igls, que era, aliás, o ponto final da linha. Uma igrejinha, pinturas folclóricas hagiográficas na fachada de mansões cuja parte superior de madeira não laqueada conservava traços de sua antiga função como celeiro e quinta. Uma pequena placa ostentando o nome "Alpenhof" pintado em letras góticas indicou-lhe o caminho: uma ladeira bastante íngreme. O chão estava escorregadio e Erik teve dificuldade para não deslizar com seus sapatos urbanos. Chegou ao cume sem fôlego e o prédio assomou à sua frente, uma austera construção de rochas naturais em forma de L por trás de um amplo jardim agora completamente coberto de neve. Mais adiante se encontrava um estacionamento cheio de BMWs, Jaguares e Volvos com placas de Liechtenstein, Suíça, Alemanha e Andorra. Arnold não havia mencionado nada disso. Tinha falado apenas de uma gente simpática, porque todo mundo ali estava no mesmo barco, o que dava ensejo a um companheirismo que tinha algo de muito especial. "Além disso, Erik, um pouquinho de *connaissance du monde* não faz mal a ninguém, além do quê, depois de passar vinte anos nas alturas rarefeitas da editoria de arte do jornal, um pouco de oxigênio vai lhe fazer muito bem."

Avistou pessoas andando de roupão branco atrás das portas de vidro. Sua última chance de voltar atrás.

— Covarde.

— Pois é, Anja.

Entrou. Atrás de uma espécie de balcão de recepção se encontrava uma mulher da sua idade que, a julgar pela cor da pele, acabava de voltar fazia três minutos de Tenerife, onde havia passado algumas horas por dia a se assar num forno. Frau dra. Nicklaus. Ele se identificou e ela logo traduziu seu nome:

"*Herr Sontag! Herzlich wilkommen!*"* Soava como se ela já o esperasse havia dias. Antes de qualquer coisa, ele precisaria

---

* Em alemão no original: "Senhor Sontag! Seja muito bem-vindo!". (N. T.)

se apresentar a uma tal Renate, responsável pelo refeitório. Essa era outra que o aguardava havia dias. Faltou pouco para que o beijasse, mas, num semi-abraço, como se o tivesse tirado para dançar, conduziu-o até uma mesinha para duas pessoas junto à janela, que doravante teria de compartilhar com um certo Herr Doktor Krüger de Regensburg. Ele certamente não se importaria, não é?

— Escute só, Herr Sontag, pelo fato de o senhor vir da Holanda, eu lhe dei de propósito uma mesa deste lado, com vista para as montanhas, já que não existem montanhas no seu país. A sua estada começa oficialmente amanhã, mas já pode jantar aqui esta noite, se desejar. Mas é claro que também pode fazer na aldeia "a sua última ceia", antes de iniciar o tratamento. Fica a seu critério.

A escolha dele recaiu, claro, na aldeia. Pendurou sua roupa e acomodou seus livros, como sempre com a sensação de que por fim ia poder ler o que ele próprio tivesse vontade de ler. Dormiu por duas horas e depois foi andando até a aldeia. No Goldene Gans pediu ganso apenas para fazer jus ao nome do estabelecimento, acompanhado de um vinho austríaco pesado. No caminho de volta, começou a nevar, flocos brancos e espessos redemoinhavam diante de seus olhos e ele teve dificuldade de encontrar o caminho. Havia coroado a ceia com um *Himbeergeist** no Blauer Burgunder, logo seguido de outro; afinal, uma última ceia era uma última ceia. Na cama, ainda tentou dar uma folheada no livro que Frau Nicklaus tinha lhe dado, mas o pôs de lado quando deparou com um princípio de vida de Maimônides: *"Überreichliche Mahlzeiten wirken auf jeden Körper wie Gifte und sind Hauptursachen für alle Krankheiten...".*** Não,

---

* Em alemão no original: aguardente de framboesa. (N. T.)
** Em alemão no original: "Refeições copiosas reagem como veneno no corpo de cada um, e são as principais causas de todas as doenças...". (N. T.)

decididamente não caía bem depois do ganso e menos ainda depois do vinho e do *Himbeergeist*. Ainda teve um lampejo de consciência de que estava cometendo um pecado mortal ao ir dormir de barriga cheia, mas em seguida se afogou em estatísticas sobre potássio, magnésio e cálcio, tomando a decisão de não se deixar despertar para a ginástica matinal no Wald e rendendo-se às trevas piedosas...

5.

... em que aconteceu todo o gênero de coisas, das quais sabemos mais do que ele próprio. Ninguém oriundo das planícies baixas permanece incólume na proximidade das montanhas. Ele deixa a janela um pouco entreaberta, pela qual está entrando agora a friagem noturna. O homem na cama passa em revista alguns sonhos dos quais não se lembrará. No silêncio que ele não ouve, uma coruja arremete sobre sua presa, um cervo assustado quase morre de medo na sintaxe negra da floresta em que Erik Zondag caminhará amanhã sem reconhecer seus rastros. Quando despertar, verá na cadeia montanhosa, iluminada pelos primeiros raios de sol, um cenário de dentes bem polidos e afiados que brilham salpicados de sangue aqui e acolá.

No refeitório, o dr. Krüger já se encontra acomodado à mesinha deles, trajando, como Erik, um roupão branco. No prato se vê um mísero pãozinho e, mais ao lado, uma pequena vasilha com um líquido amarelo-escuro. Erik lançou para ela um primeiro olhar de infelicidade e depois dirigiu o mesmo olhar para o dr. Krüger, que foi logo se apresentando; dois homens de roupão dando-se as mãos. Krüger era muito alto e tinha cara de quem participava da ginástica matinal na neve, sim senhor — o que, aliás, era verdade —, e de quem, como Ernst Jünger, tomava todas as manhãs uma ducha fria a fim de viver, como seu ídolo, até os cem. Ah, Holanda!, diz ele, contando que seu carro certa vez havia sido depenado em Amsterdã, que era ginecologista, que a cada dois anos vinha ao Alpenhof e se sentia regenerado, e que Erik teria que cortar o pão seco, e pelo visto demasiado velho, em fatias finas, o que resultou ser bastante difícil, porque o pão começou a esfarelar. O líquido amarelo era óleo de semente de linhaça, que ele deveria deixar escorrer sobre cada fatia de pão, pois a coisa diminuía o colesterol. Café e chá, chá de verdade, *gab es nicht*,* só melissa e alecrim ou sabe lá Deus que infusões medicinais enfeitiçadas, as quais, como se não bastasse, só podiam ser bebidas vinte minutos depois do café-da-manhã. E, *pass auf!*,** trate de mastigar o alimento vinte vezes. Erik olhou ao redor de si. À mesa contígua estava sentada uma mulher numa postura de quem vem tendo aula de balé desde bebê. Tinha o olhar fixo no vazio e parecia a ponto de contar as mastigadas em voz alta.

— *Guten Morgen, Herr Sontag! Haben Sie gut geschlafen? Und was möchten Sie zu Ihrem Brötchen?****

Ele logo perdeu a conta.

— O senhor pode escolher entre iogurte de ovelha e um

---

* Em alemão no original: Não havia. (N. T.)
** Em alemão no original: Cuidado! (N. T.)
*** Em alemão no original: Bom dia, senhor Sontag! Dormiu bem? E o que mais deseja com o pão? (N. T.)

tiquinho de ricota de cabra com cebolinha — informou Herr Krüger. Depois de alguns minutos, trouxeram-lhe uma pequena tigela de iogurte de ovelha. Krüger explicou-lhe que estava sendo submetido a uma dieta amena, a *Ableitungsdiät*.

— Nós todos comemos demais! Olhe à sua volta! Repare no formato das barriguinhas, elas denunciam tudo.

Ao pronunciar essas palavras, lançou um olhar por sobre a borda da mesa a fim de averiguar o formato da barriguinha de Erik. Nada mal, dizia o seu olhar:

— *Aber trotzdem!** Todo mundo se empertiga na frente do espelho para não ver a barriguinha, mas se cada um agora se virasse um pouquinho de lado para se olhar de perfil, veríamos barrigas despencadas, proeminentes, algumas já começando nas costelas inferiores, monstruosidades. Veja o senhor por si próprio, quando estiver na sauna ou na piscina. Por isso é que vale a pena esta dieta. Abaixo as verduras e os legumes crus! Abaixo as favas e os feijões secos! Abaixo as couves, as cebolas e o alho! Abaixo a gordura suína, ou seja, abaixo as salsichas, abaixo o óleo refinado; apenas cereais e produtos lácteos fáceis de digerir, tudo é impiedosamente (*gnadenlos*) calculado pelo parâmetro da digestibilidade, a chave do sucesso. O homem (*der Mensch*) não deveria ser visto como um animal, mas como uma planta! Uma planta com uma urdidura de raízes! Assim como as ramificações das próprias raízes sorvem da terra seus nutrientes, as vilosidades intestinais absorvem os nutrientes da massa levada ao aparelho digestivo a fim de conduzi-los até o sangue nas células do organismo! E agora me desculpe que está na hora da minha terapia com água fria!

Fez uma leve vênia e desapareceu. Deixou atrás de si um Erik perplexo. Nunca antes havia refletido sobre seu fígado, e

---

* Em alemão no original: Ainda assim! (N. T.)

sabia tão pouco sobre o funcionamento de seu corpo como sobre o de seu Volvo e seu computador. Sangue era algo que já vinha dentro de nós e, com um pouco de sorte, ali permanecia; o coração bombeava para que ele circulasse, o que, no seu caso, já vinha acontecendo havia quase cinqüenta anos, ainda que Erik não soubesse exatamente como. "Você ainda é da turma do corpo fechado de antes de Vesálio", disse-lhe um dia o médico da família, quando lhe prescreveu pela primeira vez comprimidos para a pressão alta e para o colesterol elevado.

— Mas eu não sinto nada...

— Eu sei, mas esse é o seu quadro. Por isso é que é chamado de *silent killer*.* A combinação de uma patologia com a outra faz você entrar na zona de risco. Faça de uma vez por todas o que eu lhe digo.

Renate apareceu à sua mesa.

— O senhor sabe que está sendo esperado lá embaixo, não sabe? Primeiro a Sibille vai medir a sua pressão e coletar sangue, em seguida o senhor tomará um banho de feno.

Ele desceu os degraus de xisto que conduziam a um aposento pequeno, onde outros hóspedes aguardavam ser chamados. Do lado oposto, havia outro aposento, branco como a neve do lado de fora, onde algumas jovens trajadas de branco se encontravam atrás de mesas de um branco reluzente. Ouviu alemão e russo à sua volta, além daquelas variantes tão peculiares de alemão que, no seu entender, haviam nascido na altura das montanhas e na depressão de vales ocultos: o alemão suíço, o austríaco, uma língua que lembrava carne seca ao ar livre e os mais inusitados tipos de queijo. Não o desagradava de todo.

— Senhor Sontag?

Outra daquelas silhuetas brancas. Sibille. Tinha um olho

---

* Em inglês no original: assassino silencioso. (N. T.)

estrábico e andava como se não houvesse gravidade. Estava certo de que ela havia lhe dado a mão, mas não, ele não sentira nada. Durante a coleta de sangue também não sentiu nada. Sibille era a mestra da agulha. Viu o líquido rubro escoando para dentro do tubo vazio e tentou pensar em outra coisa, mas sem sucesso. "Você verá", havia dito Arnold, "em dois dias você se entrega completamente. Vira cera nas mãos deles." Ele tinha razão. O tal ser estrábico planava diante de Erik como se estivessem na cabine de pilotagem de um Soyuz. Ela descerrou uma cortina, ordenou que ele se despisse dos pés à cabeça, suspendeu uma grande folha de plástico transparente na sua direção, dispondo-a sobre uma cama, e disse-lhe que se deitasse. Ele ainda tentou flagrar o olho bom à procura de sinais do que estava por vir, mas ela já havia apertado um botão e no mesmo instante ele se viu transportado a um útero, cujo líquido amniótico rescendendo fortemente a feno jorrava com ímpeto à sua volta, até estancar de repente. No seu patoá montanhês, Sibille, a borboleta, informou a que horas voltaria, mas ele já se sentia imergir numa agradável sensação de aconchego, dizendo a si mesmo que por enquanto ainda não lhe apetecia nascer.

"*Da möchte man schon bleiben, gel*",* disse Sibille, a parteira, quando o despertou de um sonho repleto de chácaras, bezerrinhos e feixes de feno. Estendeu-lhe uma toalha e o precedeu rumo a um aposento maior, em que uma senhora de idade, soerguendo ao máximo os joelhos, andava num pequeno tanque em cujo fundo se encontravam cascalhos enormes. Ele deveria dar passos de flamingo, como aquela mulher ali, disse Sibille. Primeiro devia enfiar os pés nas tinas com água quente e depois dar os passos. É ótimo para o *Kreislauf*.** Ele mal acabava de

---

* Em alemão no original: "Dá vontade de ficar, né?". (N. T.)
** Em alemão no original: circulação. (N. T.)

nascer e já tinha início a miséria. A água era trazida de avião direto de Spitzbergen especialmente para o Alpenhof, e aquelas pedras causavam-lhe uma sensação horrível. Cingindo com força a bainha do roupão de banho, tentou caminhar com passos de cegonha, ao mesmo tempo imaginando a cara de seus colegas de redação se o vissem ali, e o que diriam. Num cartaz na parede, havia um adágio de conteúdo misterioso, que dizia que somos quem somos onde somos o que somos. Enquanto o lia, ouvia uma conversa acerca do *Spätsommer*,* considerado a quinta estação na medicina chinesa, a estação da terra. No elemento fogo, explicava a voz, enquanto Erik voltava a mergulhar os pés na água quente do tanque, o homem atinge a maturidade do seu "eu", mas no verão tardio entra em ação o elemento terra, fazendo com que se deixe a segurança do "eu" para se assumir o risco do "você". Era necessário audácia, a audácia de criar elos, de se aproximar da terra. Ligação, tecido conjuntivo, a estrutura do nosso corpo que une tudo a tudo...

Ele perdeu o fio da meada, alcançando vagamente as palavras "baço" e "pâncreas". Perguntou-se se também os teria, deu uma derradeira volta em outro tanque, dessa vez um com água gelada, e subiu para refugiar-se em seu quarto, que tinha o nome de "Pé-de-gato", a planta antenária. No caminho passou pelo "Urtiga-Branca", pelo "Acanta", pelo "Aquiléia" e, em seguida, diante de uma sala onde escravos andavam às voltas com instrumentos de tortura. Uma jovem executava a caminhada de Sísifo sobre uma esteira de borracha que rolava eternamente; o russo da sala de espera tentava erguer um par de pesos enormes suspensos por roldanas, sem levantar-se; outra vítima, imobilizada por correias que lhe cingiam a cintura, tentava elevar-se, o rosto ruborizado, lutando contra a gravidade. Tanto trabalho em

---

* Em alemão no original: verão tardio. (N. T.)

vão, pensou. Nunca antes havia tido tanta consciência corporal como agora, durante todo o dia o lembravam de seu corpo. Seu corpo era untado com óleo, massageado, esfregado com sais, mergulhado em banheiras de feno e de lama. Todas as manhãs recebia um mísero pãozinho e no almoço uma composição minúscula em que um artista plástico aplicara todo o seu saber, mas cuja combustão calórica provavelmente se dava já na primeira ladeira das suas caminhadas pelas montanhas. À noite, podia escolher entre o mesmo mísero pãozinho e uma batata grande, solitário tubérculo oblongo — que, apesar dos pesares, pretendia causar um pouco mais de impressão — devaneando no centro do prato à espera de uma bisteca de porco que jamais viria. As espessas gotas de óleo de linhaça prensado a frio que ele, a título de compensação, deixava pingar sobre a pobre e solitária batata lhe lembravam o óleo de fígado de bacalhau que o forçavam a tomar na infância. Acompanhando o prato, ofereciam ocasionalmente duas colheres de chá de musse de salmão ou de uma espécie de purê de abacate, companheiros de uma longa noite em que nada mais aconteceria além da ingestão de um pó branco dissolvido em água, da mesma maneira que todos os dias começavam com uma poção mágica amarga que, horas depois, desencadeava um cataclisma interior comparável às erupções vulcânicas e aos aluviões que arrancavam do mapa aldeias inteiras, deixando um sem-número de vítimas.

Erik já não sabia o que pensar de tudo aquilo. Não teria se espantado se alguém lhe houvesse dito que precisaria passar o resto de seus dias na companhia do dr. Krüger. A literatura neerlandesa, o jornal, até mesmo Anja, a guerra por vir — tudo havia atolado nas camadas mais profundas do seu consciente. Dormia como um anjo, percebendo, para seu próprio espanto, que não sentia necessidade de álcool e tampouco de sexo, alegrando-se todos os dias com a perspectiva do caldo de legumes, para o qual todos já se postavam na fila às dez e meia da manhã, e da massagem de Sibille. Certo dia, após ter ousado lhe dizer que jamais conhecera uma mulher com dedos tão fortes e (isto ele não se atreveu a dizer) que se parecesse tanto com uma fada, cujo peso não poderia ser registrado por uma balança terrena, Sibille respondeu que era porque praticava alpinismo, após o que ele passou a ter visões sobre os mesmos dez dedos cravados num penedo pontiagudo e, abaixo, a profundeza abismal.

6.

Agora deixemos Erik a sós em seu novo universo de felicidade digestiva e leis nutritivas, tisana e horários monásticos. Ele jamais voltará a comer leguminosas cruas à noite sem se sentir culpado; por dentro, Erik é um mar de infusões. Não consegue mais imaginar seus dias sem a presença do dr. Krüger, que lhe elucida os segredos da medicina chinesa, sem as duas encantadoras lésbicas da mesa ao lado, sem o fabricante de salsichas de Liechtenstein na piscina olímpica, sem a hidroginástica, sem o Qi Gong. A lista de tudo o que ele não pode mais fazer, comer e beber é incrementada a cada dia. Às vezes tem a sensação de que está arrancando um novo corpo de dentro do velho, o qual abandonará no Alpenhof como um trapo usado ou enviará à sala de anatomia de uma universidade qualquer. O que fazer com o novo, ele ainda não sabe exatamente. De qualquer maneira, nada mais de gim ou café; seu novo corpo é um santo, com um tubo digestivo transparente e o coração e o fígado de uma monja tibetana de vinte primaveras.

Pela manhã, faz caminhadas nas montanhas, adentrando a cada dia um pouco mais a massa de eucaliptos altos e cobertos de neve; segue a pé até Patsch e Heiligwasser, exclama *Grüss Gott** sempre que encontra outro andarilho. Pode ser que seja isto que aconteça quando a gente morre, pensou: a absoluta ausência da vida anterior e a sensação de êxtase que a acompanha: por fim libertos. Ao longo da trilha que ele tomava todas as tardes pelo bosque, viam-se pinturas da Via Dolorosa feitas por algumas almas simples, e a praticamente cada cem metros uma estaca coroada por uma casinha em que se ilustrava cada uma das paradas de Cristo no trajeto da via-sacra até a apoteose da Ressurreição. Somente no quinto dia é que ele dispõe de fôlego suficiente para ascender até o cume. A luz alva do sol se filtra através do arvoredo, todos aqueles raios retos e translúcidos parecem apontar para ele. Falta apenas uma moldura dourada para enquadrar a pintura.

---

* "Salve!", saudação característica no sul da Alemanha, na Suíça e na Áustria. (N. T.)

7.

A coisa não pode continuar assim: está na hora de trazê-lo de volta para a Terra.

Ao regressar ao Alpenhof, Erik encontra em seu escaninho um bilhete de Sibille informando que ela havia tido um pequeno (*nicht ernsthaftes*)* acidente na escola de alpinismo e que, no dia seguinte, ele receberia a massagem de outra pessoa. A outra carta, com a caligrafia intempestiva de Anja, ele deixa para abrir depois. De seu quarto, vê as luzes acenderem-se uma a uma na aldeia, ouve o repicar do ângelus e dá-se conta de que não quer mais voltar ao seu passado recente, sem saber que debaixo desse passado dormita um outro que esteve três anos à espreita sob a forma de um anjo que agora se prepara para arrastá-lo a um passado ainda mais remoto, um passado do qual ele não queria mais voltar a saber.

Nós lhe concedemos esta noite, em que dormirá um sono

---

* Em alemão no original: nada de grave. (N. T.)

sem sonhos (pelo menos é o que ele pensa). Chega a alvorada e com ela uma borrasca de neve. Ele se levanta mais tarde que de costume, bebe sua *Bitterwasser*,* come o seu *Semmelbröt-chen*** à mesa repentinamente vazia, vê o dr. Krüger lutando do lado de fora contra a borrasca como se num filme sobre Amundsen e desce para ir sentar-se na cadeira onde Sibille normalmente o apanhava. O que se segue não é gramaticalmente tão fácil de descrever. O que mais se aproximaria de uma descrição seria dizer que "um cortou a respiração do outro", mas, conhecendo-o como o conhecemos e não esperando encontrá-la aqui, dizer desse modo não nos serve de nada. Eles se conhecem, isso sim, está evidente. O que ninguém é capaz de ver são as asas que ele desenha atrás dela, as asas do anjo que ele nunca pôde esquecer. Antes que ele possa dizer alguma coisa, ela pousa o indicador da mão esquerda sobre os lábios e com a mão direita praticamente o arranca de sua cadeira. O nome dele, Zondag, ela pronuncia também sem sotaque, pedindo-lhe que a acompanhe até a sala de massagens, lançando-o ao mesmo tempo no futuro e no passado, um movimento em direções opostas que o corpo dele sente como uma cãibra. A última coisa que vemos é a estranha postura contorcida de Erik diante do mapa de pontos reflexológicos e de acupuntura nos pés. Um homem prestes a erguer uma rocha grande demais.

---

* Em alemão no original: água purgativa. (N. T.)
** Em alemão no original: pãozinho. (N. T.)

8.

Anjos não existem, mas é certo que eles têm patentes, como no Exército. Vêm e vão num bater de asas sobre os afrescos, anunciam o evangelho na pintura de Rafael e Giotto, mantêm-se como vigias petrificados junto à lápide dos ricaços de Gênova e Buenos Aires, e acompanham os condenados com suas espadas incandescentes até a saída do Paraíso. Eles têm nomes, corpos e asas, não têm genitália e, ainda assim, não são mulheres; são imortais, e é por isso que nunca se encontrou nenhum esqueleto de anjo e jamais alguém conseguiu estudar a juntura de suas asas, da altura de um homem, nem o restante de sua ossatura. Em suma, os anjos pertencem ao mundo que habitamos, sem no entanto existirem. Ainda assim, aquela mulher magra e bem baixa postada agora diante dele numa sala de massagens na Áustria tinha na última vez em que a vira um par de asas de um cinza brilhante e prateado. Ele não tinha visto seu rosto no primeiro encontro porque ela estava semideitada no fundo de um armário com os joelhos contra o peito. E o mesmo se repetiria naquele instante, porque ela, com o tom de voz que têm todas as massagistas do mundo inteiro, lhe disse que deitasse de barriga para baixo assim que ele entrou na sala. Ele obedeceu. Sentia como seu coração pulsava forte, da mesma maneira que sentia as mãos dela tremer, mãos que haviam tocado seu corpo pela primeira vez três anos antes. Fora em Perth, no sudoeste da Austrália, a alguns milhares de quilômetros de Sydney, no outro lado do continente. Naquela época ela não dissera nada, como agora também não. O tempo que separava o então do agora era sugado por uma força temerosa. A vertigem que isso lhe causava fez com que ele se agarrasse com ambas as mãos à mesa de massagem.

— Não se contraia tanto — disse baixinho a mesma e conhecida voz, um pouco rouca e ainda tão enfeitiçante, com o mesmo sotaque que ele não conseguira identificar da primeira vez.

Ele quis responder algo, mas, por causa da posição em que estava e da toalha, disposta folgadamente sobre a mesa, o que se ouviu foi mais uma espécie de soluço. Ela pousou a mão sobre a testa dele por alguns momentos, e só piorou tudo. Todo o pesar que ele havia guardado, claramente tão bem guardado que chegava a convencer-se de que não mais existia, reincindia com uma força e uma ira tais que era como se as gazes de uma ferida fossem arrancadas com um puxão maldoso e brutal. Ele quis endireitar-se para observá-la, mas o que se seguiu foi praticamente um golpe de chave, com o qual sua cabeça foi pressionada contra a mesa.

— Mais tarde — disse ela —, mais tarde.

E, como num passe de mágica, ele sentiu o corpo afrouxar, o tempo perdido refluir para dentro dele e a loucura da sua história, que havia sido também justificável, apesar da loucura, envolvê-lo novamente. Queria perguntar centenas de coisas de uma só vez, mas sabia que não podia fazê-lo naquele momento.

Era o único homem a ter sido abraçado por um anjo. Ele se sentia cingido pelas asas que ela agora não tinha e, enquanto era massageado, ou melhor, justamente por isso, entregou-se tão completamente a suas lembranças que era como se voltasse a se infiltrar no passado em busca de refúgio. É até possível que tenha pegado no sono.

9.

Era verão quando Erik chegou a Perth. Nunca havia passado tantas horas sentado num avião. Primeiro as dezoito horas até Sydney, depois a travessia em diagonal do continente, cuja população não ultrapassava muito a da Holanda, embora sua superfície equivalesse à dos Estados Unidos. Aquela terra já fora erma, cor de areia, petrificada; um deserto chamuscado pelo sol em que os aborígenes têm levado uma existência secreta desde tempos imemoráveis. O restante da população vivia nas zonas periféricas: vinicultores e criadores de ovelhas. Ele havia sido convidado a ir a Perth para participar de um festival literário. Dessa vez tinha havido mudanças e o evento não se restringia a poetas e escritores; incluía tradutores, editores e críticos, toda essa camada de gente quase sempre poeirenta, parasitária e secundária que gravita em torno de um solitário núcleo que é o livro ou o poema, numa dependência recíproca, por vezes fértil, por vezes enojante. Ele costumava não suportar a maioria dos escritores como pessoas, sobretudo se admirava o trabalho deles. Mais valia jamais encontrá-los. Melhor seria se fossem de papel e estivessem encadernados. Cheiro de corpos, penteados impróprios, calçados excêntricos, esposas inadequadas, bisbilhotices, ciúmes mútuos ou comportamento ordinário, vaidade, bravata — tudo isso só desviava a atenção. As reuniões se realizavam sob tendas enormes. Em março era verão e as temperaturas atingiam os quarenta graus. Erik participou de um fórum com um poeta tasmaniano, um chefe de redação da editoria de arte do *Neue Zürcher Zeitung*, um romancista de Queensland e um editor de Sydney. Eles despejavam suas palavras sobre uma platéia constituída sobretudo por mulheres de meia-idade, e Erik sentiu que muitos de seus pontos de referência não tinham muita validade ali. As diferenças ideológicas entre os dois grandes jornais holandeses começaram a volatilizar-se já em Duinkerken e Düsseldorf. Além disso, praticamente tudo o que os iniciados falavam com tanta paixão e tanta insistência longe do solo pátrio começava a confundir-se com confrontos tribais na Suazilândia, incompreensíveis aos pobres mortais, ou adquiria um tom de disputa teológica da Idade Média. Ao cabo da discussão, tanto o romancista como o poeta foram sentar-se a uma mesa diante das tendas a fim de autografar seus livros, mas como editores e críticos têm muito pouco que autografar, ele foi sentar-se com o chefe de redação e com um escritor dinamarquês, que estivera na platéia, num ponto qualquer do gramado, munidos de uma garrafa de vinho e três taças. Erik Zondag não tardou a sentir-se excluído da conversa. O chefe de redação e o editor falavam de tiragens, listas de livros mais vendidos, publicidade e a relação entre uma coisa e outra. De uma das tendas lhe chegavam as modulações longas e eufóricas de um poeta da Indonésia, a noite caía entre as copas abundantes das árvores tropicais com um intenso torpor, e ele se perguntou se algum dia teria vontade de voltar para casa. Seu casamento havia fracassado, após o que passou algum tempo sozinho, um tempo de amores fugazes, de amizades de bar e de tentativas poéticas que ele acabava rasgando sem dó. Depois conheceu Anja, um pouco precocemente demais, dava-se conta agora. Ele havia adquirido fama no mundinho literário por haver minado dolorosamente a reputação de umas quantas figuras. O jornal para o qual ainda trabalhava lhe havia oferecido um emprego fixo, ele era o tipo de pessoa de que eles precisavam: tornava o mundo literário mais animado, fazia eco ao burburinho das ruas, diziam. O tanque acabara se enchendo de patos e gansos, por isso vez ou outra não havia solução a não ser diminuir a superpopulação a tiros. A literatura havia se transformado em carreira: qualquer um que tivesse estudado neerlandês com crescente má vontade se via na obrigação de escrever um romance, e os livros de debutantes magistrais sucediam-se a uma velocidade cada vez mais vertiginosa, enquanto ele fazia parte do mutirão da faxina, um trabalho desagradável mas necessário. As vezes em que mostrava um genuíno entusiasmo eram exceções deleitosas. Freqüentemente tinha a sensação de que a mediocridade cotidiana se incrustava sob suas unhas e impregnava seus cabelos, e o trabalho o decepcionava amargamente. Os livros sobre os quais gostaria de escrever acabavam sendo reservados ao julgamento de um crítico de aspecto católico conservador e estilo cartolina, que deveria mais é ter se conformado em ser um simples professor de ginásio em Baarn. O sujeito tinha uma predileção por autores como Jünger e Bataille, mas Erik jamais ouvira dele uma palavra original a respeito de um desses autores e pensadores; tudo sempre recendia a algo que ele já tinha ouvido de outras fontes. Esse homem tinha sido convidado a trabalhar no jornal de Erik — viera do jornal de Anja — unicamente por escrever sobre grandes nomes. Ainda que ninguém digerisse seus ensaios sequíssimos e intermináveis, era de bom-tom que um jornal que se prezasse tivesse seu filósofo próprio. O pior é que ele, por alguma razão misteriosa, sempre se equivocava redondamente, dando mostras de um daltonismo espiritual e de uma carência de instinto e intuição que ninguém parecia notar. Quando o primeiro escritor — e além disso o melhor — do chamado "Os Três Grandes" iniciou sua viagem rumo às obras póstumas, ele se apressou em nomear de imediato um novo triunvirato, dado que um católico não sobrevive sem líderes espirituais. A julgar pela conversa que transcorria a seu lado, as coisas não eram muito diferentes na Austrália, ainda que ali os escritores vivessem a uma abençoada distância uns dos outros, o que lhes poupava da inveja, da endogamia e da maledicência. O melhor, pensou, seria viver numa casa isolada na costa rochosa setentrional, à qual uma vez por semana acudiria um mensageiro alado a fim de levar-lhe um livro que ele pudesse abocanhar. Ali ele não toparia com ensaios em que alguém com um nome francês empolado ridicularizava uma poetisa que ousara utilizar num de seus poemas a difícil palavra "retórica". *"Base born products of base beds"*, assim Yeats havia chamado os novos homens de Neandertal. Mas Anja o instava a não se aborrecer com tudo isso.

— O que você não entende é que uma nova geração de escritores está despontando agora — dissera ela. — Para eles tudo gira em torno da velocidade; eles pouco se importam com todo esse ninho de poeira a que você é tão afeito. O que importa agora são os relatos, a loucura ou o humor, e não todas essas especulações etéreas, baboseiras filosóficas e exibições de intelectualismo.

Mas já era tarde para aprender norueguês ou emigrar para a Austrália. Ele teria que passar o resto de seus dias naquela redação, a não ser que o pusessem no olho da rua por não se enquadrar no espírito da época, ou caso o jornal passasse para outras mãos, uma possibilidade que não podia ser descartada.

Foi nesse momento que ouviu, em meio a seu devaneio, a

palavra "anjo" pronunciada com um sotaque germânico na conversa que corria ao lado: *zitty full of zies eendzjels, zey are everywhere!**
— *Yes, I have seen them* — disse o editor. — *It was a fabulous idea. I did the tour yesterday!***

Erik se lembrou de que havia lido algo a respeito e achado a idéia uma grande besteira. Mas, pelo entusiasmo do editor, era evidente que se enganara. Paralelamente ao festival literário, corria um festival de teatro e balé, e era com ele que os anjos tinham a ver. No *The Australian* vira a foto de um anjo gigantesco munido de uma espada sobre o teto de uma loja de departamentos ou de um estacionamento, e se perguntara se se tratava de uma pessoa real ou de uma estátua como a que havia no início do Singel, sobre o telhado de uma companhia de seguros, não longe de sua casa.

— Não — disse o poeta —, aquele era genuíno. Eu também o vi, porque ele se mexeu, mas, por estranho que pareça, custei a descobrir o bicho. Aliás, tenho pra mim que era uma mulher, porque eu estava munido de binóculos. Olhe, pode ficar, é tudo criação minha. Mas você precisa reservar umas horinhas...

Vasculhou na bolsa a pasta com os poemas que acabava de recitar e entregou-lhe uma pasta-catálogo cujos compartimentos plastificados eram presos por um anel metálico, de maneira a poderem ser folheados. Continham a descrição e as pistas de uma expedição labiríntica através de Perth, com direito a fotos de edifícios e indicações de direção. O texto tinha como epígrafe uma citação de Rilke: *"Engel (sagt man) wüssten oft nicht, ob*

---

* Inglês com sotaque alemão: A cidade está cheia de anjos, eles estão em toda parte! (N. T.)
** Em inglês no original: Sim, eu os vi. Uma idéia fabulosa. Percorri ontem o roteiro! (N. T.)

sie unter Lebenden gehn oder Toten".* A citação seguinte havia
sido tirada de *Paradise lost* e começava assim:

> *In either hand the hast'ning Angel caught*
> *Our ling'ring Parents...***

Adão e Eva, ele nunca havia pensado neles como pais, talvez por sempre vê-los retratados nus, com uma folha de parreira. E os anjos?, perguntou-se quando havia pensado neles pela última vez. Ou será que jamais tinha feito isso porque os via desde os seus mais tenros anos? Via-os por toda parte: nos missais, em mosaicos; na condição de católico não tinha escapatória. Até mesmo Lúcifer era um anjo caído. Havia também, se tudo saía como se esperava, um anjo da guarda, protetor contra todos os tipos de males. Aprendia-se que eram divididos em categorias: serafins e querubins, tronos e potestades. Por alguma razão secreta, jamais envelheciam (um anjo na casa dos cinqüenta era impensável), tinham cachos em vez de cabelos, andavam descalços, óculos nem pensar. Sempre chega o momento em que o mais banal se converte de repente num enigma. E indagando-se como seria ver um anjo em pleno vôo e quanto ar suas asas deslocariam, enigmas que não só tinham a ver com santidade como também com aerodinâmica, decidiu dar seu nome na recepção do festival para participar da caça ao tesouro, pois disso se tratava, dava-se conta agora. Havia anjos escondidos pela cidade inteira, e o jogo consistia em encontrar o maior número deles. A condição era que cada um fosse até lá sozinho, marcasse uma hora e se deixasse acompanhar até seu ponto de partida por alguém a quem era proibido fazer perguntas.

---

* Em alemão no original: "Os anjos (dizem) freqüentemente não sabiam se andavam por entre os vivos ou os mortos". (N. T.)

** Em inglês no original: "O arcanjo, que tal viu, toma apressado/ Pela mão nossos pais que se demoram". (N. T.)

10.

Perth está situada no sudoeste da Austrália; a cidade mais próxima é Adelaide, que fica quase no outro extremo, a alguns milhares de quilômetros a leste. Quem não quer ir a Perth de avião tem de enfrentar uma viagem pelo mar ou pelo deserto chamuscante. Melbourne, Brisbane e Sydney distam um continente inteiro dali, o que empresta ao lugar, sem exagero, algo de excepcional: embora se trate da capital da Austrália ocidental, é um pouco como se não lhe pertencesse. Ocupa uma posição cômoda junto ao Swan River, o qual faz um serpenteio voluptuoso antes de desembocar no mar. Perth fez uma tentativa veleidosa de se parecer com uma genuína cidade grande, com um ou outro arranha-céu — um pouco inglesa, um pouco tropical. Tem também muitas áreas verdes: parques extensos e subúrbios com casas baixas e jardins floridos, tudo muito agradável em meio a um calor que reduz o ritmo das coisas. Resumindo, pensou Erik Zondag, não exatamente o lugar onde esperaria encontrar anjos nos primeiros anos do novo milênio, mas isso tam-

124

pouco servia de pretexto para que não participasse da caça ao tesouro. Quem sabe não lhe serviria de inspiração para uma bela história no jornal? Haviam lhe dito que comparecesse às 14h40 no décimo andar dos Estacionamentos Wilsons na Hay Street. Os estacionamentos não se destacavam por sua arquitetura. Abril já se aproximava, mas o verão ainda estava no zênite; um calor horrível, e lá se encontrava ele no telhado, tendo a seus pés Perth por todos os lados. O Swan River, banhado pela luz do sol, desaparecia em meio a cintilações na infinitude do oceano Índico. Fora dali que os navegadores holandeses haviam lançado seu primeiro olhar estrangeiro sobre o continente, mas como acharam que daquela toca não sairia coelho, o abandonaram. Nada de ouro, nada de noz-moscada, e de resto apenas uns bichos estranhos que saltavam em vez de caminhar, além de nativos que não eram exatamente o tipo de gente que eles tinham imaginado.

Ao chegar ao décimo andar, encontrou um jovem que parecia esperá-lo.

— *Mr. Sundag?*

— *Yes?*

— *This is your booklet with the route to follow. This man here will bring you by car to your real starting point, Barrack's Arch. You will need three hours for the whole thing, and in the end you will come back here.**

Erik seguiu em silêncio junto àquele novo estranho que o conduziu a um edifício de tijolos, onde um homem também silencioso aguardava diante de uma porta. O homem abriu a porta, Erik passou e foi deixado a sós. Uma escadaria poeirenta, um

---

* Em inglês no original: Este folheto é o seu guia com o roteiro a seguir. Este senhor aqui o levará de carro até o seu verdadeiro ponto de partida, Barrack's Arch. O senhor vai precisar de umas três horas para concluir tudo e, ao final, voltará para cá. (N. T.)

pandemônio no primeiro patamar: folhas de eucalipto ressequidas trazidas pelo vento, jornais velhos, degraus pintados de um marrom avermelhado. Silêncio. Um aposento vazio, um saco de dormir desenrolado, algumas fotos sobre o parapeito da janela. Será que aquilo significava alguma coisa? Estaria diante de uma pista? Um mapa confuso, com nada que ele pudesse reconhecer. Fotos aéreas. Teias de aranha. Do lado de fora, a barulheira da auto-estrada, de seis pistas ali: de onde vinham todos aqueles carros? Perth nem era tão grande assim. Ouviu os próprios passos. Nem sombra de anjo. Se houvesse ali algo que ele deveria ter visto, tinha lhe escapado. Talvez tudo não passasse de uma brincadeira de mau gosto. Sentia-se pouco à vontade e ao mesmo tempo cansado, como se aquele vôo interminável ainda estivesse minando suas forças. Por que estava participando daquela palhaçada? De acordo com o folheto que recebera, deveria agora virar à esquerda para sair de Barrack's Arch e descer uma ladeira até chegar ao número 240 do St. George's Terrace, na condição de simples pedestre, como tantos outros. Não se nota nada de diferente em mim, pensou. Aqui estou eu à procura de anjos sem que nenhuma dessas pessoas saiba disso. Se eu lhes contasse, pensariam que estou louco. Essa hipótese o agradava. De repente apareciam coisas de todo tipo em que ele não repararia em circunstâncias normais. Afinal de contas, tudo era potencialmente uma pista, uma chave, uma indicação. Um aposento nu com inscrições mal-acabadas: *Anne in which corner are you?*,* *Etiam ne nescis?*.** Outro redemoinho poeirento de folhas secas, aros despojados de rodas, um pórtico, uma porta de metal fechada, até que, de repente, penduradas numa cerca gradeada, encontrou algumas estrofes de *Paradise lost*. Adão e

---

* Em inglês no original: Anne, em que canto você se meteu? (N. T.)
** Em latim no original: Acaso também não sabes? (N. T.)

Eva, que acabam de ser expulsos do Paraíso por um leão-de-chácara alado e celestial, voltam-se para trás:

In either hand the hast'ning Angel caught
Our ling'ring Parents, and to th'eastern gate
Led them direct, and down the cliff as past
To the subjected Plain; then disappeared...*

Conferia: tinha diante de si um pedaço de uma terra de ninguém. Uma geladeira velha e enferrujada, galhos secos, areia, erva daninha, um muro de concreto nu. Atrás, nada de mais promissor: um poço vazio que comportara em outros tempos um elevador, fios elétricos inúteis que não conduziam a lugar nenhum, energia morta. Mas nada de anjos. O paraíso ali estava definitivamente perdido para todo o sempre. Se a intenção era criar um sentimento de grande desesperança, o intento tivera êxito. Erik Zondag apanhou-se pensando em pecados originais, confessionários e no cheiro de bolor associado a eles. Um bafo rançoso de cigarro provindo de bocas que não se enxergavam na penumbra e que falavam de pecado e penitência.

Pois é, não eram pensamentos agradáveis. Tinha a sensação de que alguém o observava e percorreu com o olhar a superfície da parede à procura de alguma câmera oculta, mas nada encontrou. Era hora de tomar uma decisão: desistir já ou seguir o percurso. Vá ao Paragon Foyer, tome o elevador até o quinto andar, suba as escadas até o sexto. Erik encontra o lugar completamente vazio, todo um andar de escritórios desocupados; poeira sobre o assoalho, armários metálicos militarmente alinhados. Pelas suas contas, há vinte e nove deles; de resto, tu-

---

* O arcanjo, que tal viu, toma apressado/ Pela mão nossos pais que se demoram./ Do oriente até à porta assim os leva;/ E, chegando à planície que se alonga/ Fora do Éden, deixou-os e sumiu-se. (N. T.)

do vazio, com exceção de duas gaiolas contendo cada uma um casal de pássaros, com uma etiqueta em branco rasgada ao meio. Erik Zondag e os pássaros entreolham-se, como costuma acontecer entre humanos e bichos, com aquele olhar sem sentido que fala de um abismo intransponível. Sai de lá passando por um cômodo que outrora devia ter sido uma cozinha, sobe os degraus de metal até o andar de cima, dando-se conta do ressoar oco à sua volta. Chega a outro aposento vazio, dessa vez sem armários, mas com um caixote enorme de ferro forrado de livros com Deus e santos figurando no título, a vida anglicana de tempos idos. Em outro caixote, um pouco mais adiante, vê um sem-número de penas brancas, penugens — os anjos, afinal de contas, também tinham que surgir de algum lugar —; alguém sacudira ali uma fronha de travesseiro forrada de *putti*. No momento em que faz menção de bater em retirada, alguém lhe abre a mão e lhe entrega um bilhete: *en route to Bank West. Please call in at the Hay Street Shop, between Croissant Express and Educina Café.* * Ele segue as instruções e se dá conta de que deve estar nas imediações de seu hotel, mas não reconhece nada. Não deve se transformar num pedestre como os demais; vê-se a si mesmo num telão, andando, pouco à vontade. A árvore do Bem e do Mal foi privada de todos os seus frutos; sobre a calçada, um caixote de maçãs. *Take an apple.* **

O interior do edifício do Bank West parecia uma geladeira com aquela rajada fria e repentina do ar-condicionado nos trópicos. Uma menina vestida de azul se levanta e por pouco não o leva dali pela mão. Erik entra no elevador e pressiona o botão 46. Os homens de camisa branca que entram no elevador a cada andar nada têm a ver com a coisa, mas quando chega ao

---

* Em inglês no original: a caminho do Bank West. Favor passar pela loja Hay Street, entre o Croissant Express e o Educina Café. (N. T.)
** Em inglês no original: Pegue uma maçã. (N. T.)

alto vê um homem vestido como os outros se levantar de uma escrivaninha. Ele abre uma porta para Erik e logo volta a fechá-la às suas costas. Erik se encontra a sós no gabinete de algum diretor e ouve o barulho de um fax transbordante. Serpentinas intermináveis de papel branco; ao apanhar um desses inúmeros véus, volta a encontrar centenas de versos de *Paradise lost*. Sobre a escrivaninha há pastas contendo projetos; o texto no computador, após uma interrupção, diz: *"... If you will come I will put out fresh pillows for you, this room and this springtime contain only you"*,* e em seguida desemboca na hierarquia do reino dos anjos: Arcanjos, Potestades, Virtudes. *"Come soon, Death is demanding: we have much to atone for, before little by little we begin to taste of eternity. In a bed of roses the Seraphim slumber..."** Sem ainda provar da eternidade, ele se detém diante da janela e observa o fluxo ininterrupto na auto-estrada. Ao sair do aposento, quase tromba contra o escritor dinamarquês. Algo ali saíra dos trilhos. Entreolham-se com a expressão culpada e levam ambos o indicador aos lábios. Uma menina com uma saia cinza justa. Seria um anjo? Ela desvia os olhos, circula ali como se fosse dona daquele espaço, leva o olhar para além das colinas e do mar ao longe, balança um pouco a garrafa de água que tem nas mãos, e nessa altura ele se dá conta outra vez do absurdo da situação. Quem era ele, afinal? O que fazia naquele andar de escritórios vazios decorado apenas com canteiros rasos cheios de prímulas? Por acaso inspecionava um imóvel desocupado? Mas, agora que já havia começado, não pensava em desistir. E eis que é recompensado: vê, na igreja pequena e simples pela

---

* Em inglês no original: "Se você vier, eu providenciarei travesseiros novos, este quarto e esta primavera contêm apenas você". (N. T.)
** Em inglês no original: "Venha logo, a Morte chama: temos muito o que resgatar, antes que, pouco a pouco, comecemos a provar da eternidade. Num leito de rosas o Serafim dorme calmamente...". (N. T.)

qual passa todos os dias, os dois primeiros anjos genuínos, sentados junto ao coro, a alguma distância um do outro. Não há nenhuma sombra de dúvida: trata-se mesmo de dois homens, mas com asas. Ali está ele, sentado sob a escassa luz filtrada pelos vitrais. Contempla os anjos e eles lhe devolvem o olhar. Ninguém diz nada. Eles alisam um pouco as asas, a exemplo do que fazem com o bico os cisnes e os pardais. Depois de algum tempo, volta a sair para uma rua estreita com latas de lixo do tamanho de uma torre, e nesse momento vê o terceiro anjo, um homem de cabelos curtos atrás de uma cerca de arame farpado trançado, um prisioneiro celeste num aposento descuidado cheio de caixas de papelão. Faz menção de dirigir-se para lá, mas logo vê o poeta tasmaniano — ao que tudo indica, agora em seu segundo turno — vindo do outro lado da gaiola, brindando o anjo com um olhar concupiscente como se quisesse arrancar-lhe alguma promessa. Assim que o poeta vai embora, o anjo diminui a intensidade de seu olhar. Está de cócoras e, quando Erik se aproxima dele, dá-se novamente aquele *tête-à-tête* silencioso, pior ainda do que o que tivera com os pássaros. A partir de agora, os anjos rapidamente se sucederão uns aos outros. Erik segue os fios invisíveis esticados à sua frente, passa de um edifício a outro, vê um anjo paralítico numa cadeira de rodas, as asas elegantemente drapejadas sobre os braços do aparelho. Por pouco não tropeça num homem deitado no chão com os pés descalços cruzados de maneira pungente, as asas alvas derramadas sobre o carpete de um cinza sujo. Duas mulheres de pele escura encostadas no parapeito de uma janela lhe sorriem sem dizer nada. Recebe um fluxo constante de símbolos: sinais, textos, *I am deeply sorry for any pain you may be feeling, please call** — mas a quem, onde?

---

* Em inglês no original: Sinto profundamente por qualquer dor que você possa estar sentindo, por favor, chame. (N. T.)

A mensagem não tem nem mais nem menos sentido do que os demais objetos espalhados pelo aposento: uma gaveta cheia de penas, um exemplar amarelado do *West Australian*, a partitura de *De Rozen Krans*, de Ethelbert Nevin, um teto polvilhado de sal branco — um dia pensará que essa série de absurdos cada vez mais coercivos o acabaria conduzindo inelutavelmente ao pequeno aposento em que a mulher que agora o massageia estivera deitada dentro de um armário com o rosto voltado contra a parede do fundo. Ele soube de imediato que jamais se esqueceria daquele instante. Uma escadaria com pintura descascada que não parecia conduzir a lugar nenhum, em seguida um andar vazio e sujo e, por fim, esse aposento com as janelas não menos sujas através das quais mal se distinguiam os contornos cinzentos dos arranha-céus. No tal armário, encolhido, o corpo semi-oculto por trás das asas cinzentas. Por breves segundos, achou que fosse um adolescente ou mesmo uma criança. Contemplou detidamente as asas, feitas de penas genuínas e com uma arte impressionante. Quem sabe a mulher não voasse de verdade! Viu seus cabelos negros e uma pele levemente escura. Ouvia-a respirar. Ela não tinha se mexido, mas sabia que havia alguém no aposento.

11.

Ela afaga de mansinho seu ombro e pede que se vire. Por uma fração de segundo, ele permanece no "aqui e agora" daquele momento, naquele aposento. Volta-se sem querer olhar para ela, talvez porque tampouco não tenha podido vê-la antes.

— Agora conte como foi — pediu ele.

— Você sabe como foi.

— Pode ser, mas quero que você me conte.

— Você não foi o único a ficar tanto tempo ali parado. Estávamos treinados, cumprindo um papel. Foi um superdesafio, inclusive para nós. O negócio era não fraquejar. Só que com você foi diferente. Eu senti uma coisa de uma tal intensidade que era como se você estivesse me olhando com raio laser. Além do mais, eu ouvia a sua respiração. Houve uma hora em que você deu uma tossidela. No dia seguinte, quando você voltou, reconheci esse som. E então você me tocou.

— Na hora em que você se virou.

— Isso foi depois.

132

Ela sabe muito bem que ele tem uma pergunta bastante específica para lhe fazer, mas ainda não chegou o momento. Ela se lembra de tudo o que ocorreu no passado, da sua própria intangibilidade, algo que ele não tinha como saber. Por um momento fugaz, quase se deixou seduzir pela idéia; jamais lhe diria por quê, já que tinha a ver com compaixão, com o que tinha vivenciado nas semanas que haviam precedido aquela. Ele não tinha como saber quem ela era. Melhor assim. Ela própria conhecia tão minimamente a história dele quanto ele a dela, o que também devia ser deixado assim. Melhor.

E ele? Um homem num aposento fitando um anjo estendido no chão. Anjos são entes míticos, mas em pleno século xx caem na categoria do *kitsch*, da ironia ou da encenação. E, ainda assim, aquele corpo mirrado e encolhido, aqueles pés descalços, todo aquele ser feminino — porque era uma mulher, ele tinha certeza, por mais que se parecesse com um menino — causara nele um efeito: medo, comoção, desejo. Ele precisava vê-la levantar-se e bater aquelas asas que jaziam, grotescas, na poeira. Mas não se atreveu a dizer nada. Foi só quando ouviu alguém nas escadas que saiu dali. Não conseguiu dormir à noite. Naquele mesmo dia, havia participado de uma mesa-redonda com um escritor das ilhas Salomão sobre o papel da crítica ("Na nossa terra não existe crítica literária e na Austrália nos ignoram. O lado bom é que ninguém escreve nada de desagradável sobre nós; o mau é que não existimos"). Havia se embebedado com o escritor dinamarquês ("Os anjos não passam de atores; trata-se de um jogo — se você quiser vê-los sem asas, mais vale ir ao bar da sede do festival, que é lá que eles passam a noite"). Acabou fazendo isso também, porém não viu ninguém que se parecesse minimamente com ela. Mas como reconhecer alguém sem rosto? Tentou imaginá-la sem asas, uma figura horizontal alongando-se, sentando-se e endireitando-se. Em vão.

O festival se encerrava no dia seguinte. Tinha anotado o nome da rua e o número da casa, e passou o dia inteiro diante da porta numa espécie de embriaguez — duvidando se se atreveria —, nervoso como um adolescente. Um pouco antes do término do festival, deu por si subindo os degraus da escadaria de pintura descascada.

"O ilusório e o risco da existência", a frase que durante uma época não lhe saiu da cabeça cruza seus pensamentos. Já não se lembra quem é seu autor; aliás, tampouco se lembra do contexto em que a havia lido e, portanto, de seu significado. O silêncio naquela casa era de deixar os cabelos em pé, mas que tipo de risco estaria correndo? Entra, ouvindo o ressoar de seus passos como ela própria os estaria ouvindo. Pousa o olhar no rosto imóvel, nos pés descalços, nas asas. O que aconteceria se ele dissesse alguma coisa? Um tijolo arremessado contra um espelho, ruído de cacos se quebrando, uma espécie de gemido vítreo, e o silêncio volta a se impor. Um silêncio dos que violam o intangível. Senta-se, de costas para a parede. O tempo, desprovido de peso, recebia um lastro em que tudo pesava: a tensão, o pressentimento de uma cilada. Pensa ter ouvido alguém se aproximar, mas é um alarme falso. Ele toca uma das asas bem de mansinho, com a maior ligeireza possível.

— *Please, go away.*
— *I cannot. I want to talk to you.**

Era verdade: ele não conseguia se mover. Tudo nele pesava como chumbo. Seu corpo, as conversas que havia mantido até ali, o vôo até a Austrália, a cidade estrangeira, os rostos desconhecidos. E, além disso tudo, havia sua vida, seu trabalho; Anja, que ele conhecera após seu casamento fracassado; sua tese inconclusa sobre Terborgh, relegada ao fundo de uma ga-

---

* Em inglês no original: Por favor, vá embora./ Não posso. Quero falar com você. (N. T.)

134

veta. Foi assaltado por um sono avassalador. O que ele realmente desejava era estar deitado como ela, naquele assoalho imundo, diante daquele armário. De repente já não importava o que pudesse acontecer. Ela chamaria algum número de emergência ou se levantaria de um salto e, pulando sobre ele, desceria as escadas numa carreira desabalada. Sobrava-lhe a opção de segui-la e deixar-se prender por assédio sexual pelo primeiro policial que atenderia seu grito de socorro.

— *Please go away*.

— Não posso. Quero falar com você.

"*Please go away*." Essas três palavras ainda pairavam no silêncio como se desejassem ser esculpidas. *Please go away*. Por favor, vá embora. Um sotaque latino. O que abria um leque de países. Espanha, Romênia? Não, o som era melodioso demais.

Do lado de fora, um relógio deu seis horas. A coisa chegava ao fim. Ele segurava a respiração na expectativa de vê-la se mover, mas, ainda assim, o que ela fez o surpreendeu. Mais tarde ainda se perguntaria como ela havia conseguido mexer as asas tão rápido. Tinha sido algo parecido com uma pirueta. Numa contorção doida, aquele corpo na horizontal se virara de lado e de frente para ele, pondo-se rapidamente de pé, para em seguida se acocorar, com as asas praticamente cruzadas atrás de si. De repente, soube com certeza absoluta: por um rosto daquele não se importaria de esperar ainda dias inteiros. Mas jamais conseguiria descrevê-lo: tão límpido quanto turvo; expressivo porém fechado; desafiante e reservado. Um rosto repleto de promessas e, agora ele o sabia bem, agora que voltava a vê-lo, uma cilada. Olhos cinza, lábios entreabertos, à espera, zombeteiros.

12.

Ela pousou a mão no ombro dele por alguns segundos e então deixou-a cair. Torceu o punho, como se estivesse arrancando algo de dentro do corpo: dor, cansaço, pesar, algo que ela fazia volatizar-se no ar, um gesto que os massagistas fazem para indicar a conclusão da massagem. Ele quis sorguer-se, mas ela o deteve.

— Não se levante assim rápido, eu fiz uma massagem profunda. Em alguns momentos achei que você tinha adormecido.

— Quanto tempo durou a massagem?

— Mais de uma hora. Como eu não tenho cliente depois, deixei você ficar mais.

— Pois eu, nesse meio-tempo, vivi três anos. Três exatos anos, desde a última vez em que nos vimos, não me leve a mal por lembrar disso.

— Não preciso que me lembre. E agora, com toda certeza, você vai me perguntar por quê.

— Por que o quê?

— De eu ter desaparecido.

— Quer dizer, de você nunca ter dado sinal de vida.

— Não tinha como.

— Então por que você prometeu?

— Eu tinha prometido outra coisa também.

— O quê?

— Que voltaria a ver você.

— Mentira. Nos encontrarmos agora, aqui, não passa de coincidência, de um absurdo, de uma grande besteira. Se fosse no Kinshasa, teria dado na mesma. Aliás, o que você está fazendo aqui, nesta aldeia rídicula coberta de neve? Você nunca me disse que sabia fazer massagem.

— Eu sempre soube. Aprendi que é bom ter algum outro tipo de conhecimento, em caso de necessidade. Para trabalhar na Austrália, na Áustria, não importa onde. Não se esqueça de que, na maioria dos países, as coisas não estão tão bem arranjadas como no de vocês.

— Mas por que aqui?

— Porque assim quis o destino.

— Um homem?

Ela fez um gesto com a mão de quem descarta a possibilidade.

— Nunca me importei muito com o lugar onde estou.

— Você já dizia isso naquela época: "O meu *habitat* é a Terra", isso me instigava. — Erik se levantou para pegar o roupão. Queria dizer mais alguma coisa, mas não sabia o quê. — Acontece que me apaixonei perdidamente por você.

— Eu sei, você foi com muita sede ao pote.

— Você riu de mim?

— Pelo contrário. Fiquei com medo, a coisa estava indo rápido demais. Parecia uma espécie de furor.

— Foi por causa daquela festa. Naquele momento quis deixar a minha vida para trás.

E, se tivesse me afogado naquela noite, não teria me importado, Erik pensou mas não disse.

— Foi por causa das asas. Você não foi o único. Aconteceram umas coisas estranhas na última noite.

— As asas não tiveram nada a ver com a história. Teve a ver com o fato de ser o último dia. Eu ia tomar o avião no dia seguinte, voltar para tudo aquilo que eu não queria mais. E me pareceu que você entendia... que você também...

Olhou para ela. Os olhos dela estavam gelados, como em outros tempos, não deixavam transparecer nada.

— Não — disse ela —, eu me conheço muito bem. Não fazia sentido. Você disse que queria ser correspondente e, quando eu comentei que nunca ficava muito tempo parada no mesmo lugar, você disse que iria comigo, que podia escrever de qualquer lugar do mundo. Eu já tinha escutado esse tipo de coisa tantas vezes! Não as mesmas, mas ainda assim... Ninguém acompanha meu ritmo de vida. E, além disso, eu sabia muito bem que você voltaria para a sua namorada e que me esqueceria em questão de meses. Dito e feito.

— Se você tinha tanta certeza disso, por que nunca me telefonou?

— Porque eu não quis correr o risco. — E mudando subitamente o rumo da conversa, num sinal inequívoco de que ela havia terminado: — Até quando você fica aqui?

— Amanhã é o meu último dia.

— Então amanhã vão te dar alta.

— Pelo visto, sim. A gente pode se encontrar em algum lugar?

Ela consultou sua agenda.

— Aqui é impossível, mas você tem hora comigo amanhã. Até lá, então!

— Até!

— Aliás — disse ela, quando chegaram à porta —, você ainda se lembra da última coisa que eu lhe disse naquela noite?

Ele não se lembrava.

13.

Por ser a última noite, Renate os brindou com uma porção extra de suflê de salmão. Erik mastigou seu sanduíche até a última migalha, enquanto o dr. Krüger o entretinha com uma conversa sobre as cruéis particularidades da gravidez extra-uterina, sobre massas de carne sem alma providas de cabelos e longas unhas infantis. Mas ele estava com a cabeça em outro lugar. Havia chegado uma mensagem de Anja à qual não queria responder. Com a iminência da noite, os altos cumes brancos já começavam a se eclipsar por trás das janelas. Perambulou um pouco pelo edifício, dirigiu-se à sauna esperando que o calor derretesse os pensamentos que continuavam girando por sua cabeça, nadou tantas raias que acabou se cansando, tomou o chá sedativo e indutor hipnótico que sempre deixavam sobre o bufê do refeitório, porém, uma vez na cama, não conseguiu conciliar o sono. Se estivesse em casa, teria tomado um conhaque duplo, mas isso era impensável ali. Passou a língua por trás dos dentes tentando se livrar do gosto amargo daquele chá mortífero, mas sem sucesso. O que ela havia dito não era verdade. Ele não havia se esquecido dela nem em três meses nem em três anos. Não tinha esquecido nem esqueceria. Quando voltou para casa, e isso fazia agora três anos, falava nela a todo instante, até que todos — e sobretudo Anja — explodiram.

— Eu lhe desejo tudo de bom, e, no que me diz respeito, não me importo que você tenha transado com toda a assembléia de anjos celestiais, mas, pelo amor de Deus, pare de falar nessa garota. Se ela era tão fantástica assim, você deveria ter ficado lá. Pode ser que até lhe dessem umas asas. Meu Deus, como os homens são patéticos! Alguém vai, põe um par de asas e se deita dentro de um armário. Uau! O detalhe é que ela não sabia voar. E transar com toda aquela parafernália grudada não me parece muito excitante. Aliás, como foi que ela fez para prender as asas? Usou fios elásticos cruzados?

14.

Os mesmos personagens, o mesmo cenário. Antes de ir se deitar, perguntou-se o que era mesmo que ele estava decidido a não perguntar de maneira nenhuma.

— Será que a gente ainda se vê algum dia?

— E a gente por acaso não voltou a se ver agora? Você não lembra mesmo o que eu disse no final daquela noite? Não, ele não se lembrava. Toda aquela noite insana havia ficado gravada em seu cérebro como um pandemônio: o oceano, a ressaca, seres humanos com asas correndo, bebidas, sirenes, as enormes e sinistras formas fantasmagóricas das árvores borracheiras lascadas e cobertas de perobas.

— Fique de bruços. — E ele obedeceu. Antes que sua boca ficasse comprimida na mesa de massagem, ainda conseguiu dizer:

— Não acha estranho estar aplicando uma massagem em mim agora?

— Meu Deus, dai-me paciência! Aplicar massagens é a minha profissão. Entregue-se e pare de procurar pêlo em ovo, senão não surte efeito.

Mais uma vez, ele reviu a cena claramente. Um aposento com um armário vazio. Havia uma pena no chão, que ele apanhou. Fazia meia hora que se conheciam. Ela havia se posto em pé diante dele, um anjo com cara de menino e um olhar zombeteiro e desconfiado. Num dos aposentos do lado, um telefone deu três toques e depois silenciou. Um pouco mais tarde, outra vez os três toques.

— É um sinal — disse ela. — Terminou. Os anjos já podem voltar para casa. Você nem concluiu o percurso.

— Concluí ontem.

Ainda se lembrava de que, ao voltar ao estacionamento, vira seu último anjo no telhado do edifício em frente, um anjo triste do tamanho de um homem, brandindo uma espada como se quisesse expulsar toda a cidade em direção ao mar. Mas não se tratava de um homem, e sim de uma mulher, dissera o poeta, que o havia visto através dos binóculos.

Ela tinha desaparecido depois dos toques do telefone, mas antes, com gestos, pediu que ele permanecesse deitado. Por trás da janela suja, viu o sol ao longe tingir-se de rubro. Viu algumas nuvens estranhamente salpicadas de branco e preto. Na Austrália, as nuvens possuíam contornos genuinamente dourados e prateados. Naquela única semana, tomara-se de um amor inexplicável por aquele país. Havia chegado lá sem nenhuma expectativa, imaginando uma espécie de Estados Unidos, nada mais. Mas tudo era diferente. Das pessoas emanava um quê de amplitude e liberdade que se refletia nas próprias nuvens que percorriam tão rápido o céu. Queria segui-las em suas viagens e penetrar naquele continente vazio com suas vastas planícies cor de areia, como as que vira nos mapas. Vinha repetindo a si próprio, com ardor e entre murmúrios, aqueles estranhos nomes aborígenes, como se fossem uma senha mágica, uma promessa. Aborígenes em Perth, porém, ele mal tinha visto. Disse-lhe isso, mas ela não retrucou.

Quando voltou, trazia consigo dois copos cheios de uísque puro, sem água nem gelo. Ela bebia rápido. Foi assim que acabaram se sentando ali, e ali ficaram até ouvirem uma barulheira ensurdecedora de buzinas lá embaixo.

— *The angel party* — ela disse, sorrindo. — Esta noite vão nos expulsar do Paraíso. Vai rolar uma senhora festa para todos os anjos numa das praias do Norte.

— Posso ir com você?

— Claro. Todas as pessoas que você viu ontem circulando por aí vão estar lá também, além da diretora, dos assistentes, das pessoas que montaram o percurso, dos extras e de toda a equipe. E dos anjos.

Não deu outra. Ela foi recebida com gritos de júbilo, beijos e abraços de anjos masculinos e femininos de camisetas justas e *jeans*. Tentou se fazer invisível, mas foi um esforço inútil, já que ninguém estava mesmo prestando atenção nele. Alguém lhe meteu um copo de cerveja nas mãos; pelo visto, o pessoal já estava bebendo havia um tempo. Abafada pela gritaria, uma música dos Bee Gees; alguns tentavam dançar dentro do ônibus. A algazarra era indescritível. Quando chegaram à orla do mar, encontraram outros ônibus. Viu alguns dos anjos perdidos caminhando pela areia, sozinhos ou acompanhados, de braços dados. O lusco-fusco ainda tingia o horizonte de vermelho, no entanto, minutos depois, quando ergueu outra vez os olhos, o que viu foi o luar surfando sobre as ondas altas, cintilando cada vez que desaparecia e ressurgia. Haviam organizado um bufê fartíssimo numa das barracas, mas ele estava sem fome. Seguia-a com o olhar, sempre voltando a perdê-la de vista. Viu-a dançar freneticamente com o anjo do estacionamento, depois com um outro, ruivo e do sexo masculino. De vez em quando alguém lhe dizia alguma coisa, que quase nunca ele entendia. Chegou a ver o poeta tasmaniano rolando na areia, bêbado, com um anjo de cabelos curtos e asas alvíssimas. O volume crescente da música era como chicotadas cortando-lhe a carne até os ossos. Tentou aproximar-se dela, mas ela parecia só querer se esquivar. Estava sempre rodeada de anjos, uns marmanjões com corpos de quem passou a vida surfando e fazendo *cooper* — prontos para ser colocados no teto da capela Sistina.

— E aí, *Dutchman?* — gritou o dinamarquês, empurrando uma jovem para os seus braços. Ela se desvencilhou dele com um olhar ébrio, fitou-o com olhos furiosos e então cuspiu no chão. O dinamarquês começou a puxá-lo, até que de repente ela reapareceu, como se o estivesse observando todo aquele tempo. Saíram da barraca. Por toda parte havia pessoas e anjos deitados na areia. Ouviu gargalhadas e o estilhaçar de copos, viu brasas de cigarro aqui e acolá — todo mundo ria, bebia e se beijava —, viu um anjo nu entrando na água com asas e tudo. Então passou a ver e a ouvir única e exclusivamente a ressaca, aquele intermitente ir e vir que terminava com um golpe súbito e estrondoso toda vez que as ondas de cintilações escuras e oleosas iluminadas pelo luar se apressavam em direção à areia. Em algum lugar na zona limítrofe entre o mundo da terra firme e o mundo aquático, ela estacou e o cingiu com as asas. Ele não podia ver seu rosto, mas sentia que ela o beijava nos olhos, e afagava-lhe o rosto com as mãos. Sentiu-se aprisionar por aquelas asas ao mesmo tempo suaves e duras, enquanto os joelhos dela afrouxavam e ela se deixava cair na areia. Continuava ouvindo a música que chegava da barraca ao longe na praia. O desejo que vinha sentindo todo aquele tempo, desde o primeiro instante em que a vira deitada de pés descalços e pernas encolhidas, o rosto oculto e as asas espichadas, invadiu-lhe o corpo inteiro. Percebeu que ela virava o rosto para o outro lado: seus olhos escancarados fixavam-se na distância e suas unhas lhe arranhavam o pescoço. Foi nesse momento que a luz de um holofote se pôs a varrer a praia, expondo tudo com sua luz branca. De ambos os lados, reverberava o uivar das sirenes dos jipes-patrulha que se dirigiam à praia. A luz fugaz, parecida com a de um relâmpago, permitiu-lhe avistar anjos correndo para todos os lados. Ouviu algazarra e os apitos agudos dos policiais e, em meio a tudo isso, percebeu que ela tentava lhe dizer algo que ele não conseguia entender. Antes que pudesse detê-la, ela já se acocorara numa postura estranha, apoiada em apenas um dos joelhos, a exemplo do que fazem os atletas antes de uma corrida, para, em seguida, voar dali como que lançada por uma catapulta, atravessando as luzes do holofote até desaparecer. Ele próprio fugira daquela barulheira até alcançar um ponto em que já não se ouvia nem via nada. Sentou-se ali, e ali permaneceu até o amanhecer. Sobre a areia viam-se copos, peças de roupa, seringas, camisinhas e asas. Quando o primeiro raio de sol surgiu, pegou uma carona até a cidade. No hotel, esperou que ela lhe enviasse algum sinal de vida até a hora de ir para o aeroporto. Nem sombra dela.

15.

As mãos dela desenharam amplos círculos descritivos sobre as costas dele, arrematando-os com aquele seu conhecido gesto: um sinal, ele sabia bem, de que deveria se levantar. Mas ele não queria se levantar, nunca mais. Levantou-se. A vida é uma invenção sem sentido, pensou. Ela o fitou. O mesmo sorriso trocista, à espera.

— Por que é que você estava com tanta pressa aquela noite na praia? — quis saber ele.

— Eu não tinha visto de trabalho. Não queria ser deportada.

— Mas você não diz que o seu *habitat* é a Terra?

Ela deu de ombros. Pousou a mão direita sobre o ombro esquerdo dele e perguntou:

— Você ainda não se lembra do que eu disse?

— Não tenho como me lembrar — respondeu ele. — Nunca tive, porque eu não ouvi o que você disse no meio de toda aquela barulheira. O que foi que você falou?

— Que anjos e seres humanos são incompatíveis.

Erik permaneceu alguns segundos no mais absoluto silêncio, até sentir a mão dela empurrá-lo de leve, mas com firmeza, na direção da porta. Antes de sair, avistou Herr Krüger sentado, aguardando a sua vez. Em meio à saudação alegre do doutor, ouviu-a ainda dizer:

— Até a próxima, certo?

Mas era tarde demais para responder qualquer coisa.

Epílogo

Epílogo, do grego epilogos, conclusão — epi *e* lego,
*falar. Um discurso ou um poema curto endereçado aos
espectadores por um dos atores, após a conclusão de
um drama.*
Extraído de: *The New Webster Encyclopedic
Dictionary of the English Language* — MCMLII

Outra estação. Lichtenberg, Berlim. Gosto de palavras que
rimem, apesar de eu próprio não escrever poemas rimados. É
daqui que partem os trens para a Rússia e para a Polônia. Tenho
um encontro marcado, embora eu ainda não saiba. Warszawa
Centralna, 20h55. Minsk, 8h49. Smolensk, 14h44. Moskva Belo-
russkaia, 20h18. Destinos diferentes, trens diferentes. Estou viajando para remediar uma perda. Quem quer que tenha escrito
um livro sabe do que estou falando. É uma espécie de despedida e, assim, invariavelmente uma forma de luto. Você passa um,
dois anos na companhia de outras pessoas, dá-lhes nomes que
combinam ou não com elas, faz com que sofram e riam, para no
fim mandá-las embora, expulsando-as para o mundo. Espera
que estejam bem, que tenham fôlego suficiente para continuar
existindo. Você as deixou, mas tem a sensação de que elas é que
o abandonaram. Sozinho numa estação deserta da antiga Berlim Oriental. Existe algo mais triste que isso?

— Tudo menos autopiedade — diria Almut, e é exatamente isso o que eu quero dizer. Essas pessoas ainda falam comigo. Passaram dois anos falando entre si e você as escutou. A questão é saber quando alguma coisa nasce. Se a primeira palavra for minha, o seria também a segunda? Durante a noite fiz algumas anotações que não consegui ler esta manhã. A aparência da minha caligrafia é sempre indício do quanto bebi na noite anterior. Ao que tudo indica, mais da conta. Não posso simplesmente deixar que escapem. Anotei: "Você sabe quando algumas das vozes são escritas". "Escritas" ou "eruditas"? Não consigo ler direito, mas "eruditas" parece encaixar mais. Fiquemos com essa versão. Os alto-falantes transmitem alguma mensagem, não endereçada a mim. Não sei por que escolhi Moscou; imagino que por nunca haver estado lá. Se desconheço um caminho, mais facilmente acabo me perdendo, e gosto disso. Ao meu lado senta-se um rapaz cujas orelhas pareciam estar sendo chicoteadas por um zunido mecânico e metálico que voltava de tempos em tempos e a cujo ritmo ele balançava a cabeça. Pelo visto, é um desses que nunca escreveram um livro.

Assim que termino um trabalho, literalmente assalta-me uma clarividência inexplicável. Não digo que seja capaz de prever o futuro, apenas vejo com clareza todo tipo de coisas em que não costumo reparar. A imitação de granito das latas de lixo daqui; as longas catacumbas de ladrilhos amarelos no subsolo da estação de trens onde desemboca o metrô a caminho da estação maior; corredores intermináveis, o rosto de viciado em cocaína do rapaz com os fones de ouvido — nada me passa despercebido. Mas não me servem de nada, chegam tarde demais. Os outros já se mandaram, para o Brasil ou para a Austrália. A minha opinião não conta mais. No fundo do corredor, dois vigilantes de jaqueta verde-limão e boné branco, um cheiro de tempos idos, um leve arrepio. Ecoa um chamado em três tons, mas eu só vejo uns gatos-pingados. O trem já chegou; letras cirílicas, tudo nos conformes. Cortinas, abajures. Os trens de Dostoiévski e Nabokov rumo a Baden-Baden e Biarritz. Não preciso esperar muito. Ela veste as mesmas roupas e lê o mesmo livro que lia no avião, o livro que eu acreditava ter escrito e que continua pairando à minha volta. Esta última suposição revela-se verdadeira; a primeira, não. Desta vez consigo ler de cara o título, como se ela tivesse vindo especialmente por minha causa, uma possibilidade que não excluo. Trata-se das mesmas duas palavras, apenas a ordem é inversa; o certo é que, em ambos os casos, perdeu-se o paraíso. Como não poderia deixar de ser, nos encontramos no mesmo compartimento. Essa confluência de fatos parece ter sido bem pensada por quem a tramou. Dessa maneira podemos conversar. O apito do chefe da estação soa mais dramático que em outras estações. Nós dois olhamos pela janela, talvez por um certo desconforto.

Não sei se ela me reconheceu, já que não havia se dignado a olhar para mim uma única vez no vôo de Friedrichshafen a Berlim e, até onde eu saiba, tampouco ao chegarmos ao aeroporto de Tempelhof. Porém, nunca se sabe. Seja como for, o homem que fora então buscá-la agora não estava lá.

Alguns russos obesos caminham agitados pela plataforma; levam tanta bagagem que mal conseguem carregar as malas. Assim que o trem parte da estação, percebo que está chovendo: véus cinzentos sobre uma cidade cinzenta. Mentalizo os pontos onde se erguia o Muro, que agora tinha se tornado invisível; outro desses livros que o escritor imaginava haver concluído, mas a questão não é tão simples.

— O que achou do livro? — pergunto. Não sou muito bom em travar conversa com desconhecidos, mas, no estado de espírito em que estou, atrevo-me a tudo. As pernas na primeira vez tão distantes encontram-se agora ao meu lado, uma proximidade excitante, a calça cáqui justa desenhando suas formas, nota-se sua força. Não sei se ela percebe o meu olhar, mas afasta um pouco as pernas, o que me corta a respiração. Como eu já disse antes, nas semanas que se seguem ao término de um livro, sofro de uma hipersensibilidade terrível; um misto de euforia e saudades. Ainda não aprendi a lidar com elas; talvez as mulheres estejam mais acostumadas a esse tipo de sentimento. Seja como for, seu olhar me atravessa sem me ver, enfocado no mundo lá fora: palha amarela disposta ao longo dos trilhos, cascalhos enormes e escurecidos entre as vigas, a cidade desaparecendo lentamente por trás do véu molhado, a silhueta de um navio no horizonte.

Ela pousa o livro, aberto, a seu lado; vejo a grafia antiga da reimpressão em fac-símile, ao que parece de 1830.

— Não sei — diz. — Acho que este livro me deixa um pouco melancólica. Eu tenho a impressão de que tudo se baseou num mal-entendido e, nesse caso, acho a punição exagerada. Esta palavra, "mal-entendido", não lhe parece genial? Tudo teve início com um mal-entendido, num encadeamento que se perpetua infinitamente. Pode-se acrescentar uma dose de má-fé, mas não costuma ser necessário. Num caso, a mulher dá ouvidos à serpente, com as já conhecidas conseqüências desse ato; em outro, uma caravela acaba atracando em alguma costa desconhecida, onde uma gente pintada se esconde nos arbustos; em outro, ainda, um certo alguém motorizado acaba indo parar no bairro errado, e jamais voltará a ser a mesma pessoa. Sabe, o que mais me agrada na verdade é o título. Nesse sentido, a história, de fato, não tem fim. O que o senhor acha que os escritores pensam a respeito dos mal-entendidos? Será que fazem isso de propósito, para ter sobre o que escrever na próxima vez? Para ser sincera, não conheço nenhum livro cujo tema não seja, no final das contas, um mal-entendido. Hamlet, Madame Bovary, o tal Marcel, que não sabia que era amado por Gilberte, Macbeth, que acredita em Iago... se você pára para pensar...

Nesse momento, o cobrador surgiu, controlando os bilhetes minuciosamente; uma atividade e tanto, levando-se em conta as diversas folhas de papel grampeadas.

— Se eu paro para pensar...? — eu repeti assim que o cobrador foi embora.

Ela riu e disse:

— O senhor quer mesmo saber?

— Sim — eu disse.

— Por quê? O senhor por acaso acha que o que eu tenho para dizer é importante?

Notei que seus olhos eram verdes e que ela me via pela primeira vez.

Aguardei alguns instantes. O que importava agora era a inflexão correta de voz. Lancei outro olhar aos cumes dos Alpes cobertos de neve em Vorarlberg, às pinturas rupestres de Ubirr e ao Sickness Dreaming Place, ao velho com seu anel heráldico, que naquele momento estava sendo enterrado em Darwin, e ao quarto abandonado que ela ocupava com vista para os luxuosos jardins dos Jardins, onde o bem-te-vi chilreava a sua toada aguda. Por fim, olhei para a única sobrevivente e disse:

— Porque a última frase é a mais importante.

— E o senhor espera que eu a diga?

Ele não disse nada, à espera.

— Ah, na verdade a coisa é muito simples... — prosseguiu ela. — O senhor mesmo poderia ter chegado lá. Será que o senhor já parou para pensar no inventor do Paraíso, um lugar onde não ocorrem mal-entendidos? O tédio incomensurável que deve reinar lá só pode ser entendido como uma punição. Para inventar algo assim, só mesmo um mau escritor. O que o senhor acha desta última frase, está boa o suficiente?

— Agora só falta pôr embaixo o lugar e a data — disse eu.

— Além de outra citação — replicou ela. — Não é o que o senhor sempre faz? Veja o que eu encontrei.

152

Abriu o livro e retirou dentre as últimas páginas um pedaço de papel, que me entregou. As linhas pertinentes estavam grifadas a lápis.

Amsterdã, fevereiro de 2003 — Es Consell, San Luis, 26 de agosto de 2004.

Olhando para trás então observam
Do Éden (há pouco seu ditoso asilo)
A porção oriental em flamas toda
Debaixo da ígnea espada, e à porta horríveis
Bastos espectros ferozmente armados.

De pena algumas lágrimas verteram,
Mas resignados logo as enxugaram.

Diante deles estava inteiro o Mundo
Para a seu gosto habitação tomarem,
E tinham por seu guia a Providência.

Dando-se as mãos os pais da humana prole,
Vagarosos lá vão com passo errante
Afastando-se do Éden solitários.

John Milton, Paraíso perdido *(décimo segundo canto)*
Tradução de António José de Lima Leitão

ESTA OBRA FOI COMPOSTA PELO GRUPO DE CRIAÇÃO EM ELECTRA
E IMPRESSA PELA GRÁFICA BARTIRA EM OFSETE SOBRE PAPEL PÓLEN
BOLD DA SUZANO PAPEL E CELULOSE PARA A EDITORA SCHWARCZ
EM MAIO DE 2008